Profile

- 09/21
- 處女座
- 185cm

狙擊手

ROBEN

羅本

Character File ▶ 001

狙擊手，近戰不強。
擁有很強的狙擊能力，基本上只要扣下扳機就不會失誤。曾有過「幽靈狙擊手」的別名。
擅長烹飪，特別是家常料理。
對信賴的人容易心軟。

CAPTURE THE END OF THE GAME

BEFORE THE END OF THE GAME

GHOST SNIPER

BREW

布魯

Profile
+ 03/05
+ 雙魚座
+ 180cm

情報商

Character File ▼ 002

情報商，情緒起伏不大。除了擅長程式操作及設計以外，也會製作、研究便利的設備。關於他的情報皆為機密。
個性沉穩有禮。
喜歡吃辣，越辣的食物越讓他開心。

BEFORE THE END OF THE GAME　GHOST SNIPER

草子信
illust 日々
遊戲結束之前
ゲームが終わる前に：ゴーストスナイパー
幽靈狙擊手
Ghost Sniper
三日月書
輕世代
408
THE END OF THE GAME : GHOST SNIPER

CONTENTS

Author.草子信

楔子

「紅蘿蔔、馬鈴薯、雞腿肉……那些傢伙真把我當成專業廚師了是不是？」

手提多個塑膠袋走在路上的羅本，仔細對照便條紙上寫的食材種類，一再確認自己沒有少買，他可不想因為這種事而跑兩趟。

一如往常平靜、沒有多餘情緒的眼眸，突然閃過厲光，面色凝重地留意周圍。

從「S2」遊戲區回來後已經過了半個月多的時間，在林與陳熙全的安排下，他們幾個人的生活如往常般，沒有出什麼狀況。

雖然日子過得很安逸，但根據過去的經驗，只要待在左牧身邊，麻煩就會自己找上門來。

身為職業軍人的羅本並不擔心自己的人身安全，更不用說對方還用相當蹩腳的跟蹤技術尾隨，想不去注意都難。

他邊想著晚餐菜單，邊繞進旁邊的巷子裡。

接著四名戴著帽子、打扮簡單自然的男人隨後進入巷弄，然而當他們拐彎後卻驚訝發現沒有見到任何人影。

這是條死巷，長度約只有兩棟建築，附近沒有其他能夠走的小路或後門。

那麼，羅本究竟是怎麼銷聲匿跡的？

正當這些人不知所措的時候，一顆蘋果突然扔過來，準確無誤地砸中其中一個男人的腦袋瓜。

蘋果當場碎裂，而被砸腦袋的男人也兩眼一翻，倒地不起。

所有人都嚇傻了，並同時擺出備戰姿勢，往蘋果扔過來的方向看去。

羅本單手抓著懸掛在外牆上的冷氣室外機，傾斜身軀，若無其事地與這群人四目相交，手裡還輕輕上下扔著一顆漂亮的蘋果。

「那傢伙是怎樣？」

「他、他是在那種姿勢下扔蘋果砸我們嗎？」

跟蹤的人反而感到寒毛直豎，無論是扔擲的力量還是準度，都能夠看得出這個男人不尋常的實力。

這和他們幾個人聽到的狀況完全不同！

「喂。」羅本黑著臉，冷冰冰責問：「是誰雇用你們來跟蹤我的？」

剩下的三個人面面相覷，有默契地決定拒絕回答問題。

他們從隱藏在外套下的槍套拿出手槍，以行動表達他們的選擇。

羅本不耐煩地嘆了口氣。

「……唉，真是麻煩。」

這些人知道羅本不好對付，所以毫不猶豫舉槍瞄準他的位置。

羅本眼看無法溝通，果斷鬆手，從牆壁跳下來。落地後他迅速將手中的蘋果扔出去，準確無誤打中其中一個人的手背，讓他無法瞄準開槍。

趁這個空檔，羅本迅速踏步衝上前，抓住對方的手腕後，用背將他的身體頂起來，砸向其他兩個人的位置。

「嗚哇！」

「搞什麼？這傢伙速度怎麼這麼……唔！」

雖然這兩人往左右閃避，讓被甩飛的同伴狠狠撞在牆壁上面，但才剛踩穩腳步，連槍都還來不及舉起，他們便各自被馬鈴薯和洋蔥砸中手背和鼻梁。

完全沒想過會被蔬菜砸的兩人，恍神之際，其中被馬鈴薯砸中手背的男人發現羅本以飛快的速度朝自己逼近，並伸手狠狠掐住雙眼的位置。

原以為只是很普通的襲擊，但下一秒他就發現自己大錯特錯。

強烈的辣椒氣味與刺痛感，讓他無法睜開雙眼，甚至感覺到辣椒籽掉進自己眼睛裡面，痛到讓他抓狂大叫。

「啊啊啊啊！」

「唔，你這傢伙……」

被洋蔥擊中鼻梁的男人，顧不得冒出來的鼻血，朝羅本連開兩槍。

消音槍就連扣扳機都沒有什麼聲音，但對聲音敏感的羅本卻立刻就注意到他的開槍動作，在被瞄準的下個瞬間閃避過去。

手槍的子彈速度比狙擊槍慢太多，也很好預測開槍路線，只要他有注意到的話，想閃避並不是什麼困難的事。

只見羅本乾淨俐落地掠過子彈，帶著沾滿辣椒的手衝上前，開槍的男人差點沒嚇個半死。

羅本面無表情地將臉貼近，並在對方有下一次攻擊行為之前，把不久前買到手的新鮮牛蒡作為棍棒武器，從對方的太陽穴位置狠狠打下去。

沒有攜帶武器出門的羅本，在跟蹤他的四人倒下後，神色平靜地拿出溼紙巾擦拭雙手，並一臉厭煩地看著滿地食材，頭痛皺眉。

「該死，剛買回來的東西全被這些傢伙浪費了。」

不滿歸不滿，但對於這些人的身分和目的，還是要進行確認。

他蹲下來，翻找這些男人攜帶的東西，輕輕鬆鬆便從這幾個人錢包裡的證件確認他們的身分。

都不是本國人，而從這些人彆腳的身手來看，應該沒有多少實戰經驗。

正因為這些男人對付起來太過簡單，反而讓羅本覺得有種在欺負人的錯覺。

——不過，他並沒有對此感到意外。

「哈啊……出來吧。」羅本起身，將這些男人的錢包扔回他們的身上，毫無半點善意地對著巷口說：「我知道你在，別浪費時間跟我玩躲貓貓。」

故意找這些三流角色偷襲他，然後再偷偷跟在身後觀察情況，真是令人作嘔的興趣。

羅本大聲說完後沒過幾秒，穿著白色長外套的男人從旁邊走出來，雙手插入口袋，慢慢從巷口走向羅本。

最終，在他的面前停下腳步。

充滿疲倦感的臉龐，以及那雙沒有任何溫度的眼神，就算他想忘記也不可能忘得了這張臉。

因為這傢伙，是那個自我中心、永遠搞不懂腦袋裡在想什麼的邱珩少。

「你似乎不怎麼感到意外？」

邱珩少輕輕挑眉看他，垂頭盯著那張沒有情緒起伏的臉。

羅本皺緊眉頭，「你又想暗中搞什麼小動作？」

「我是來找你的。」

「找我？」

出乎意料之外的回答，坦白說讓羅本有些意外。

他沒想到對左牧有高度興趣的邱珩少，竟然會主動找他。

左思右想，最終羅本只能得出一種可能性。

「……你該不會是來叫我做飯給你吃吧？」

邱珩少抖了一下身體，從他的反應，羅本很確定自己猜錯了。

因為他的表情看上去像是剛剛才想起這件事一樣。

「看來我來找你的原因又增加了一個。」

「不是，你別擅自……哈啊，算了。所以你到底是來找我做什麼的？還這樣大費周章找人跟蹤我。」

「其實我是想把你直接綁走，不過臨時雇用的人實力不怎麼樣。」

邱珩少抬起頭，輕輕用食指敲打臉頰，若有所思地垂下眼簾。

見他根本沒有道歉的念頭，反而坦然說出自己的計畫，羅本也只能苦笑。

「你幹嘛做這種麻煩的事？」

「因為我覺得你不會答應。」

「這要等你跟我講之後才能知道吧！別在提問前先雇人綁架對方。」

「我要去報仇，所以需要你幫忙。」邱珩少邊說邊滿意地看著羅本露出驚訝的表情，瞇起眼微微一笑，「我要雇用你幫我殺了洪芊雪。」

羅本眨眨眼，完全不懂邱珩少葫蘆裡究竟在賣什麼藥。

果然，不論是過去還是現在，他依舊搞不懂邱珩少的想法。

合約一：短期雇傭任務

「為什麼是我？」

羅本百思不得其解，於是在眾多問題中，選擇先確認這件事。

邱珩少不可能會記得以前他曾在「巢」、在他的手下做過一段時間，畢竟當時邱珩少的「巢」有不少罪犯，這傢伙又只讓面具型殺手跟在身邊，所以羅本並不認為自己有什麼能被他注意到的部分。

即便後來他跟左牧和兔子一起行動，邱珩少也從沒有把他放在眼裡。

光是在樂園群島時短暫合作過的那點時間，也不足以讓邱珩少對自己產生興趣。

更何況，這男人可是「邱珩少」，他絕對不會浪費時間在沒有興趣的對象身上。

當羅本提出疑問後，邱珩少並沒有馬上回答，只是冷冷盯著他看。

他整個人散發出的氣魄讓羅本直覺感到不妙，就在他考慮要不要拒絕的時候，邱珩少才終於開口回答。

「你是問我為什麼不找左牧，而是直接找上你？」

「不然呢？」羅本挑眉，聳肩道：「我可不記得你有那麼欣賞我的實力。」

邱珩少嘆了口氣，看上去很不耐煩。

他轉身背對羅本，像是知道他絕對會跟過來一樣，沒有半點猶豫。

「如果你非要我說一個理由，那就是你做的三明治很好吃。」

「……什麼？」

「我不會說第二遍，所以閉嘴，跟我過來。」

邱珩少先行走出巷口，消失在拐角處。

羅本愣在原地，表情呆滯幾秒後，無奈搔頭髮，乖乖跟上去。

他一走出巷口就看到邱珩少已經停下腳步等他出現，見到羅本不是背對自己而是與他面對面的瞬間，那張蒼白、沒有任何笑容的臉龐，竟然出現笑容。

即便那抹笑容僅僅只有維持兩秒鐘的時間，快到讓人誤以為產生錯覺，但羅本的視力可是好到不行，所以他並不認為自己看走眼。

沒想到會從那張臉上看見笑容，羅本的內心冷颼颼地，只剩下不祥的預感。

「哈啊……該死，有夠麻煩的。」

他很不想跟著邱珩少，但沒辦法。

一瞬間他的腦海閃過要聯繫左牧的念頭，可是很快就放棄了。

邱珩少說是要雇用他，也就是說他需要身為「職業軍人」的他，而不是左牧身旁的狙擊手，雖然邱珩少沒有把話說得很清楚，但這應該是針對他個人的合作邀約。

這麼看來，邱珩少明知道那些彆腳的綁架犯根本打不過他，卻還是雇用那些傢伙暗中襲擊，就表示他是故意看準他落單的時間，想要避開其他人的耳目，跟他單獨對話。

他抬起頭，加快腳步跟上走在前面的邱珩少。

「你不想讓左牧知道你私下雇用我？」

「不，他肯定很快就會發現，所以我要在麻煩的人出現前把你帶走。」

「麻煩的人？」

邱珩少轉動眼珠子，睨視他困惑的表情。

「誰知道那隻該死的矮兔子會從哪冒出來，我現在可沒有時間和他玩。」

「矮兔子……你指的該不會是黑兔？」

「除了那傢伙，應該沒有人還會對你這麼執著了吧？」

「說得也是，畢竟那傢伙很喜歡吃我做的菜，要是知道我跟你走，肯定會鬧翻天。」

邱珩少若有所思地看著羅本，似乎還有什麼話想說，但最後還是決定放棄。

羅本沒有感受到其他人的氣息，這讓他覺得奇怪，忍不住問：「你怎麼會一個人出現在這裡？平常老跟著你的那個傢伙呢？」

「我讓明碩去做其他事情了，所以這段時間由你來替補他的位置。」

「……補什麼？」羅本皺眉，「雖然我是職業軍人，但可沒有他那麼擅長打架，如果你希望我能保護你，那麼我建議你可以提早開始準備寫遺囑。」

「我不覺得剛才用食材把職業殺手打昏的人，沒有資格做我的保鑣。」邱珩少眨眼，收回注視他的視線後說：「雖然我不知道你為什麼想要隱瞞，但我從來就不覺得你的近戰能力弱。」

羅本瞪大雙眸，有點意外。

他苦笑著撩起瀏海，咬牙切齒地說：「哈，那些傢伙居然是職業殺手？」

看來他是中了邱珩少的把戲，這傢伙一開始會雇用那些傢伙，就因為他十分確信這些人絕對不可能打得贏。

兩人來到附近的小型路面停車場，邱珩少神色自若地打開駕駛座的門，抬起頭重新和羅本四目相交。

「我從以前就知道你很會打架，就算你過去打不贏那些面具型殺手，但也不代表你的實力弱。」

就像是要給予羅本最後一擊，用那雙能夠看穿謊言的眼眸，直視因不安而冷汗直冒的羅本。

羅本無話可說，不如說他被邱珩少抓他語病的方式嚇到了。

確實，與島上的面具型殺手相比，他的近戰能力確實不怎麼樣，但如果連邱珩少都能看得出來，就表示他完全沒有成功隱藏自己的弱點。

可能是因為有兩隻兔子在身邊的關係，相較之下，左牧也就自然不會把他歸類在近戰戰力的一環，畢竟再怎麼樣也輪不到他去跟人廝殺，他只要做好自己的輔助角色就好。

然而邱珩少不同，這傢伙對待他的方式，就像是把他當成王牌一樣。

這很奇怪吧？明明他擁有明碩那樣實力強大的面具型殺手，為什麼還要刻意找他？

就算他想破頭，也找不出邱珩少需要他的理由。

「上車。」

「……要去哪裡？」

「機場。」

「你說什麼？」

「不用擔心，那是私人飛機，就算沒帶護照也能用其他方式入境，只要花點錢就好。」

邱珩少轉動方向盤，開上道路，並把車門鎖死。

直視前方車窗的他仍沒忘記提醒：「你最好別想著溜走，在洪芊雪死之前，我是不會讓你離開的。」

羅本知道這男人是認真的，所以早早就已經放棄逃跑的念頭，但他還是有點擔心這樣的不告而別，會讓左牧擔心。

就像是能夠看穿他內心想法一樣，邱珩少接著說：「會有人幫你通知左牧的，你只需要專心執行我安排給你的工作就好，不要被那些雜七雜八的事情干擾思緒。」

「呃，好吧。」

羅本相信邱珩少絕對會說到做到，只不過與其說是去工作的，他更有種自己被強行牽著鼻子走的錯覺。

不過，更讓他意外的是上車前邱珩少對他說的那番話。

『我從以前就知道你很會打架，就算你過去打不贏那些面具型殺手，但也不代表你的實力弱。』

很顯然，他過去的判斷是錯的。

邱珩少並不是只有關注左牧而已，連同他身邊的人也會落入他的視線範圍。具有威脅能力的兩隻困獸，以及身為輔助、被左牧格外信任的他，邱珩少一個也沒放過，不過讓他意外的是，他還以為過去邱珩少眼裡只有左牧，沒想到從在之前的島上生活時，就已經有在注意他？

要不是這樣，他剛才也不會說出那種話。

羅本被複雜的思緒困住，就這樣帶著苦惱不已的心情來到機場，搭上私人飛機。

他原以為飛機裡至少會有其他人在，沒想到客艙內只有他跟邱珩少兩個人獨處，這讓尷尬的氣氛升到最高點。

不僅如此，邱珩少還翹起二郎腿，悠哉地坐在好幾百萬的高級沙發椅上，閉目小歇。無可奈何的羅本只能雙手環胸，隨便找張椅子坐下來休息。

飛行十小時多的時間過後，他們順利在機場跑道降落。

抵達時已經是深夜，機場一片漆黑，只有警示燈的微弱光線。

邱珩少老樣子走在前面，半句話都沒說，在他身後走下飛機的羅本張望四周，皺緊眉頭，因為這裡跟他原本預想的有些不同。

周圍什麼也沒有，只有孤零零的塔臺和簡單的兩層樓建築，雖然不大，但看起來很新、外觀也具有設計感，並不是隨興建造的。

除此之外，附近除草皮和樹林之外沒有其他東西，甚至讓人懷疑這裡是不是除機場外沒有其他建築物。

他連飛機駕駛都沒見到，簡直神祕到讓人毛骨悚然，這讓身穿白色長大衣的邱珩少看起來更像是從地獄來的使者。

「你在胡思亂想些什麼？還不過來。」

似乎是發現羅本沒跟上來，邱珩少才忍不住轉身催促。

羅本再次邁開步伐，在邱珩少的帶領下來到旁邊的車庫。

一看到眼前的千萬跑車，羅本就露出嫌棄的表情。

「你哪來的錢買私人飛機和跑車？」

「這是我用正當手段賺來的錢買的，你不需要擔心來源問題。」

已經踏上賊船的羅本，也只能乖乖坐上車。

雖然羅本本來也不是愛說話的個性，但他忍受不了跟邱珩少之間的尷尬氣氛，左思右想之後，他決定裝睡。

想著睡著就可以免除所有不必要的麻煩，可偏偏邱珩少就是不放過他。

「就像你們之前說的，洪芊雪在那之後就離開『S2』遊戲區，她就像是知道我想殺她一樣，銷聲匿跡，害我浪費不少時間找人。」

才剛打算睡覺的羅本，無奈地睜開眼。

都還沒來得及開口抱怨幾句，邱珩少又接著繼續說：「她雇用不少麻煩的傢伙，手裡甚至還有剛買來的『困獸』，所以我很難接近。」

「近距離不行，所以你打算靠狙擊？」

「如果是你的話，只要能製造出機會，就一定不會失手對吧？」邱珩少皺緊眉頭，下意識緊握方向盤，「機會只有一次，所以我必須讓百分之百不會失手的人去扣下扳機。除你之外，我想不到別人能夠做得到。」

「難道不是因為你認識的狙擊手只有我？」

「你以為我是那種不會評估實力，做出錯誤判斷的男人？」

「呵——」羅本忍不住勾起嘴角冷笑。

他沒有辦法反駁這句話，因為邱珩少說得沒錯。

這個男人確實不會做出錯誤判斷。

最看重利益與時間成本的邱珩少，絕對不會花力氣大老遠把他帶過來，更不用說還是單獨一個人行動，連隨扈都沒有攜帶。

雖然羅本之前就已經從黃耀雪的口中知道邱珩少想要殺洪芊雪的理由，不過依照邱珩少的個性，應該不是為了想要報仇才這麼急著處理掉那個女人。

「就算我能夠對付得了職業殺手，但洪芊雪的私人傭兵的實力可是跟那些傢伙完全不同，你不會以為光靠我一個人能夠打得贏他們吧？」

「又不是要你一直當我的保鑣，只要在明碩回來之前這段時間就好。而且你也不用過度擔心，因為要對付那女人的傭兵團的人，不是只有你而已。」

起先羅本不太懂邱珩少為什麼會這樣說，甚至以為他是不是也自己養了一個傭兵團，直到車子來到一處華麗的歐式莊園，緩緩駛入由大量黑衣保鑣巡邏的長方型商業建築前的車道後，才恍然大悟。

這些黑衣保鑣身材壯碩，手持步槍，與其說是保鑣或隨扈，倒不如像是身經戰場的軍人，看樣子為了殺死洪芊雪，邱珩少確實下了不少功夫。

跑車停在建築物的正門，邱珩少仍舊走在前面帶領羅本，就像知道他會乖乖跟過來一樣，沒有回看他一眼。

羅本還以為那些黑衣保鑣會警惕他，沒想到他們卻連看也不看他跟邱珩少，十分專注於自己的工作。

「這棟房子是陳熙全安排給我，用來進行研究的房子。」

「怪不得……那私人飛機和跑車都是陳熙全的？」

「不，那是我的。」邱珩少攤手道：「陳熙全向我提出不少有趣的研究方案，但我可不會做白工，當然也會跟他收取必要的費用。」

「他不是都給你準備研究室和藏身的地方，讓你能夠專心做研究？你還跟他收錢？」

「那是基本待遇，他需要我的技術，而我想要他的錢，就這麼簡單。」

邱珩少的語氣非常輕鬆，羅本卻一點也無法理解。

研究大樓裡有不少研究人員，每個人穿著打扮都一樣，白色長大衣、襯衫，黑色西裝褲，看起來就像是複製人，臉上還戴著護目鏡跟口罩，很難判斷出誰是誰。

「你的研究團隊還真……龐大。」

「那些傢伙只要乖乖照我給的資料做出東西來就好，如果連那麼簡單的工作都做不了，就沒有必要留下活口。」

果然，無論是在那座島上，還是現在站在他面前的這個男人，仍然是那個不把「人命」當回事的冷血殺人魔。

這種人竟然會是個天才，還受到陳熙全的重用，簡直沒有道理。

簡單的「參觀」過後，邱珩少和羅本來到二樓樓梯左側的房間，剛來到這條走廊的時候羅本就感覺到氣氛和樓下差很多，因為這裡的就只有一個房間，以及用五片玻璃切割而成的研究室，其他全是開放式空間。

研究室裡面沒有人，門上有生物辨識電子鎖，不用想也知道那個絕對是邱珩少專屬的研究室。

向來對於自己的研究保密到家的邱珩少，竟然會用玻璃外牆來隔出研究室，讓人無法理解他為什麼要這麼做。

邱珩少沒興趣理會羅本的想法，開門走進房間。

羅本沒有遲疑，跟著進入房間。

這是間休息室，旁邊有簡易廚房和餐桌，中間則是擺放L型沙發。

沙發上有個人背對他們坐著，在聽見他們走進來之後，才把頭轉過來。

那是張陌生的臉，羅本很確信自己沒有見過這個男人。沒有任何情緒的平靜表情，看起來就像個人偶，可是他的雙眼卻又很有精神，不像是沒有靈魂的空殼。

簡單來說，就是個沒有任何情緒的普通人。

在羅本觀察這個男人的時候，對方突然與他對視，讓沒有防備的羅本嚇一跳。

「……你好。」

「您好，羅本先生。」

這個男人果然知道他是誰。

不知道對方身分，但對方卻知道自己是誰的感覺，實在很糟糕。

既然是能夠被邱珩少留在身邊的人，那就表示他肯定存在某種利用價值。

男人在看到羅本的眼神後，朝著走向冰箱，正拿出一罐提神飲料的邱珩少說：「您該不會什麼都沒說，就把羅本先生帶過來了吧？」

「我說了。」邱珩少冷淡地撇他一眼，「這傢伙戒心那麼重，不跟他說清楚委託目的的話，肯定不會乖乖跟我走。」

「那麼為什麼羅本先生在看到我的時候，會露出一副像是在問『你這傢伙是誰』的表情？」

邱珩少沒有回答，他看起來很疲倦，一口氣灌完飲料後就走到沙發另一側去，直接躺下，閉目養神，把爛攤子扔給男人。

男人對此並不感到意外，坦然接受邱珩少扔給他的麻煩。

他繞過沙發，來到羅本面前，熟稔地和他打招呼。

「這段時間請多指教，羅本先生。」男人很有禮貌地向他點頭示意，並說出令人驚訝的名字，「我是布魯。」

「布魯？」羅本十分意外，因為他沒想到會在這裡聽見熟悉的名字。

他忍不住上下打量男人，很難把眼前的人和記憶中的形象畫上等號。

過去在執行遊戲任務的時候，左牧多次受到這個男人的幫助，就連兔子也曾在他的指示下好不容易存活下來。

羅本實在沒想到，始終隱藏在系統背後，沒有和他們碰面的神祕男人，此時此刻竟然會出現在這裡。

「……我記得你不是替陳熙全工作的嗎？」

「是的，老闆這次向我下達的命令是協助邱珩少先生的復仇行動。」

「看來並不是單純的協助，否則你這傢伙也不會『親自』出現在這裡。」

「羅本先生的反應果然夠快。」布魯的口氣雖然很和善，但臉上依舊沒有任何表情，完全感受不到他的喜怒哀樂。

就跟他寫出來的程式碼一樣，冷冰冰的。

「也就是說，陳熙全知道邱珩少想幹嘛，還願意協助他的意思？」

「邱珩少先生是老闆相當重視的人才，所以會在允許範圍內提供相關協助。」

「包括雇用我的錢？」

「那是您與邱珩少先生之間的私人委託。」

也就是說，邱珩少覺得陳熙全準備的還不夠多，所以又額外把他找來的意思。

雖然還有很多問題想問，但是看邱珩少的態度，應該是不打算多做解釋。

被迫接下這份麻煩工作的羅本，只能嘆氣，並祈禱不會發生什麼麻煩事。

「你對邱珩少的計畫了解多少？」

「很抱歉，我也不是很清楚。」布魯老實回答，並瞇起眼眸瞪著邱珩少，「邱珩少先生是在一週前向老闆提出這項行動，在這幾天的時間裡，也只有下令要我隨時確認目標的位置與目前手上握有的戰力而已。」

邱珩少絕對不會魯莽行動，從時間上來看，他大概是判斷可以下手才會開始著手準備，而在那個傲慢的男人心裡，大概早就篤定陳熙全和他都不會拒絕，態度才會如此從容。

真令人厭惡。

羅本還是沒辦法喜歡這個男人，也無法給予等同於左牧的信任。

「那傢伙為什麼會覺得邱珩少是可以信任的人？真搞不懂……」

「那傢伙？」布魯敏感地抬起頭，「您指的難道是左牧先生？」

羅本搖頭聳肩，「除他之外沒別人了吧？你可別跟我說陳熙全也相信他。」

當著邱珩少的面直接批評他，確實不太妥當，但羅本不打算討好這個男人，所以根本不用在意他對自己的好感有多少。

如果能因此讓他討厭到解除委託，那也不錯。

「雖然我能理解您的意思，不過左牧先生比起個性，更看重對方的實力不是嗎？即便最後對方想要反咬一口，也早就做好防範措施。」布魯越說，聲音壓得越低，伸長脖子貼近羅本的耳朵邊，輕聲道：「左牧先生不也是覺得您有很大的利用價值，才把你留在身邊的嗎？」

羅本蹙緊眉頭，飛快向後退，與布魯拉開距離。

他厭煩地皺著臉看著布魯，心生不快。

原來布魯私下是這種個性？

「我和左牧之間的事，用不著你擔心。」

「……很抱歉，是我多慮了。」

聽布魯回答的態度，很顯然不是真心誠意向他道歉。

雖然羅本最初是因為陳熙全的命令而故意留在左牧身邊，但是和那些喜歡算計他人的傢伙相比，還不如待在左牧身邊比較舒心。

同為陳熙全工作的布魯，不可能不知道陳熙全委託他的事情。

他就像是在故意挑撥離間，想要讓他主動離開左牧一樣。

「老闆也很看重您的實力，所以如果您能願意成為直屬合作對象，老闆會很開心的。」

「哈，這就是陳熙全的目的？」

「是的，老闆希望我能討好您，而且也願意給您比過去單獨接委託更高的酬勞，對您來說是很划算的買賣。」

羅本有點搞不懂布魯的意圖，沒想到他竟然如此坦白地把陳熙全的目的說出來，這樣真的沒問題嗎？

還是說，布魯看出他已經在懷疑陳熙全，就乾脆實話實說？

不管原因是什麼，這些都不是現在的他應該關心的問題。

就在羅本打算開口拒絕陳熙全的挖角前一秒，原本躺在沙發上的邱珩少不知道什麼時候站到他身旁，直接介入他跟布魯之間，並用身體將他擋在背後，像是在保護他。

布魯提起冷眸，與露出不耐煩眼神的邱珩少四目相交。

羅本還以為這兩個人會吵起來，意外的是，布魯只是簡單點頭示意，便主動放棄爭論，獨自走回原來的位置坐下。

邱珩少仍然眉頭緊蹙，不過並沒有要追究的意思。

他轉過頭來對羅本說：「你為什麼傻傻讓那傢伙胡言亂語？難道你以為他曾經幫過你，就是跟你站在同一陣線的好人？」

「不，我沒這樣想。」羅本歪頭，好奇問：「你……難道是在擔心我？」

他原本只是隨口問問，沒想到邱珩少卻沉默不語。

出乎意料之外的反應讓羅本有些尷尬。

那個沒良心的邱珩少，不把人命當回事的男人，竟然會擔心他？

羅本一開始也不敢相信，但邱珩少的態度讓他沒辦法無視。

「我餓了。」

最終，邱珩少只說了這三個字之後，獨自回到沙發另一側坐下。

他跟布魯之間沒有任何對話，窒息的氣氛讓羅本很想離開房間，不過這次回去坐下的邱珩少並沒有睡覺，而是一直盯著他看，不耐煩地催促。

無可奈何之下，羅本只能認命走向簡易廚房，打開冰箱。

確認完冰箱內的食材後，他領悟到一件事。

邱珩少是真的很喜歡吃他做的三明治，因為冰箱裡只有製作三明治的食材。

他該不會是打算一日三餐都要他做三明治吧？

羅本狐疑地看了邱珩少一眼，發現他的眼神裡多出興奮與期待，可想而知這個男人真的就是這麼想的。

至於布魯似乎也沒有意見，只是靜靜坐在那。

「哈、哈哈哈……」

除了苦笑，羅本也不知道該做出什麼反應才好。

／

邱珩少的研究大樓就如同他本人那般單調無趣，被迫成為他的「臨時」貼身保鑣的羅本，在跟隨他的這幾天時間裡，很快就掌握這個區域的地型以及大樓構造。

不知道出於什麼理由，過去在「巢」擁有多數面具型殺手追捧的邱珩少，如今只剩明碩一人留在身邊，但可以確定的是，邱珩少並不在乎。

羅本雖然掛著保鑣的名義跟在邱珩少身邊，可是他總覺得這個男人根本不需要人保護，那麼他這樣做的理由只剩下一種可能性。

——邱珩少打算帶給周圍的人「他不是單獨一個人」的印象。

也許是因為明碩不在，所以邱珩少需要有人能夠替補他的位置，而在這種情況下，邱珩少需要的是絕對不會被洪芊雪收買，以及擁有某種程度以上的戰鬥實力的人。

若是這樣，那麼他確實是符合這幾項要求。

由於離開的時候，他兩手空空，連愛用的狙擊槍都沒能來得及帶走，所以邱珩少特地為他準備一整間的武器，簡直就像是小型軍火庫。

多虧這些最新型的槍支，羅本這段時間過得還算愉快。

初次踏入他專屬的個人軍火庫時，羅本雖然沒有表現在臉上，但實際心裡卻是在不斷吶喊，很想像個興奮的孩子一樣蹦跳，為了不要在邱珩少面前露出馬腳，他可是忍得很辛苦。

羅本沒有浪費太多時間考慮，從架上隨手拿下一把手槍，確認彈夾後放入槍套，配掛在身上。

沒想到羅本竟然會選擇手槍的邱珩少，挑眉看向走回自己身邊的男人。

「為什麼是拿手槍？」

「怎麼？你以為我只會用狙擊槍？」

「這倒不是……」

當時邱珩少似乎還想說什麼，但最後仍選擇閉口不語，「唰」地一聲甩頭走出房間。

羅本關好武器庫的電子門後，跟在後面。

至此，邱珩少再也沒有提起羅本為什麼要配戴手槍的問題。

就這樣過去一週，羅本也已經習慣在這裡的生活，撇開邱珩少倔強的牛脾氣不提，這幾天他過得倒是還算舒心。

剛來到這裡就被要求做三明治的時候，他還想過邱珩少是不是也想把他當成專屬廚師，不過很快的他就發現那個男人根本沒想那麼多。

邱珩少大多數時間都待在那間玻璃研究室，同時羅本也在這段時間裡慢慢理解為什麼他要把自己的研究室做成透明公開的模樣。

包圍研究室四周以及天花板的玻璃牆是特殊裝置，在邱珩少輸入密碼進入後，玻璃牆會轉變為模糊不清，就像是被濃霧覆蓋，只能隱約看見裡面有人在行走的黑色影子。

邱珩少會把自己的研究室做成這樣，有兩種理由。一是當他在裡面做研究的時候，可以透過玻璃模糊化的方式，讓待在外面保護他的人確認位置，以免在看不到的情況下發生意外；二則是他不在的那段時間，沒有人膽敢闖入他的研究室，而他也能夠立即從外面確認研究室內部的狀況。

不得不說，這人謹慎到讓他毛骨悚然。

邱珩少不止對別人嚴厲，也沒有對自己手下留情。

「你坐在這裡發什麼呆？沒看到我人已經出來了嗎？」

邱珩少站在羅本面前，彎腰低頭盯著那張發呆的雙眼。

羅本猛然回神，急急忙忙起身。

「你走路怎麼都沒聲音的？」

邱珩少沒有理會，因為他注意到有人正在接近他們兩個人。

他沉著臉，心情不是很好地咂嘴。

一看到他的反應，羅本不用看也知道走過來的人是誰。

「少爺，昨天不是已經跟您提醒過，這段時間請待在房間裡，不要隨便外出？」

開口說話的，是一名身穿黑色西裝的保鑣。

他面有難色地規勸邱珩少，只可惜對方並不領情。

「你這是要命令我的意思？」

「不、不是的……」

「既然你們判斷對方這幾天可能會對我下手，那麼就該做好工作，提高周圍的警戒範圍，為什麼是反過來限制我的行動？」

「您別誤會我的意思。」

「專心做你該做的事，別隨便向我下令。」

邱珩少走上前，將手用力放在男人的肩膀上，施力壓住。

斜眼瞪著那張冷汗直冒的額頭，確認他沒有任何話想要反駁之後，心情極糟地大步走遠。

感覺到氣氛尷尬的羅本，有點不好意思地點頭向男人示意，跟著邱珩少離開。

被留下來的男人握緊拳頭，用力砸向旁邊的牆壁。

即便羅本已經跟對方拉開一段距離，也能清楚聽見那聲巨響。

他眨眨眼，雙手插在口袋裡，輕鬆自若，不像剛才的保鑣那樣緊張。

幾天前，負責監控系統與大樓防禦設備的布魯，從洪芊雪所屬的公司取得情報，那邊似乎在確認邱珩少還活著的事實後，一直設法找出他的位置，雖然這段時間布魯都在想辦法迴避追查，但消息終究還是外流到那些傢伙的手中。

原本以為對方不會那麼快出手，沒想到昨天深夜竟然有幾名訓練有素的傭兵闖入，造成不小的騷動。

雖然他們因為人多的關係，很快就壓制入侵者，然而卻沒能成功留下活口。

無法取得情報的他們，最終只能採取最基本的保護措施來應對。

當然，羅本並不認為那些保鑣的做法是正確的，可是他也不打算介入。

他再怎麼說都是邱珩少突然帶過來的空降兵，那些保鑣不清楚他的實力，當然也不可能會信任他，所以不管他提供什麼樣的意見都是沒有用的。

話雖如此，但這些保鑣好歹也是專業級的，很快就重新部屬巡邏路線，增加人力與巡查的頻率，原本他們還打算多安排人在房間周圍，可是身為保鑣的他們，是被禁止出入二樓空間的，也只能作罷。

委託人不配合，又不讓他們的人近身保護，也難怪剛才那個男人會那麼不爽。

羅本過去也曾遇過讓人惱羞成怒的麻煩委託人，所以非常能夠理解。

「洪芊雪那邊已經開始行動，那你呢？」羅本歪頭問：「你來找我的時候，我還以為你馬上就要衝過去把人抓起來暴打一頓，但現在看來你似乎沒有那個意思。」

邱珩少冷笑道：「我知道那些傢伙在知道我的位置後，肯定會想辦法殺掉我，只有他們出手了，我才有正當的理由反擊。」

「所以，你是故意的？」

「……如果你是在懷疑，我是不是故意曝光自己的位置，讓他們找過來，那麼我勸你最好別浪費時間。」

邱珩少瞇起眼，匆匆看了羅本一眼後，又把頭轉回去。

「陳熙全雖然提供我資金和研究室，但在這裡進行研究以及販售它們的行為，全都是按照正當管道去進行。」

羅本差點笑出來，因為他沒想到竟然會從邱珩少的口中聽見「正當管道」這四個字，明明這傢伙研究出來的是能夠殺人的化學武器，想也知道肯定不是能夠放在檯面上兜售的商品。

「黑市也算是正當管道嗎？」

「一手交錢、一手交貨，不就是最基本的交易程序？」

「話說回來，既然想殺你的人昨天已經派人過來一次，之後肯定會派更多人來殺你。」

「那樣的話正合我意。」

「你……是不是有什麼奇怪的興趣?可別跟我說你喜歡被人追殺的感覺。」

「用不著擔心,他們殺不了我。」

「呃、你不要跟我說是因為有我在,所以才能說出這種大話。」

「我知道你沒辦法應付那麼多傭兵,也沒打算讓你去跟那些傢伙打。」

「……哦?」羅本眨眨眼,一臉訝異,「既然如此,那我為什麼還要二十四小時跟著你?」

「當然是因為需要你。」

邱珩少的眼中夾帶著令人毛骨悚然的笑容,羅本冷汗直冒,實在不敢去猜測他到底想要做什麼。

「今天傍晚前挑選好你要使用的武器,帶到我的房間。」

「為什麼突然……」羅本剛開口想問,但在看到邱珩少臉上陰森的笑容後,果斷放棄,「我知道了,我會帶過去的。」

「可以的話也順便做幾個便當。」

「做什麼便當,冰箱裡就只有做三明治的材料。」

聽邱珩少的意思,似乎是打算今晚離開。

慢慢透過對話察覺到邱珩少在想什麼的羅本,皺眉問:「那布魯呢?你該不會是打算扔下他不管?」

「他是你最不需要擔心的對象,你只要聽我的話,乖乖跟著我就好。」

「哈啊……知道了。」

羅本大口嘆氣，放棄追問。

雖然有點不安，但至少他終於能夠離開這個鳥不生蛋的地方。

在這之後，羅本按照邱珩少的指示，在他進入研究室工作的這段時間，去一趟武器庫，接著再去廚房準備食物。

等到全部都安置完畢後，才離開房間，前往研究室接邱珩少。

不知道為什麼，往前走沒走幾步路之後，突然萌生一股不祥的預感。

喉嚨乾澀，呼吸變得很小心，長年來身處於危機之中的羅本，本能地察覺出異樣，即便周圍沒有什麼太大的變化，可是這種如鯁在喉的感覺究竟是什——

忽然，眼角餘光看見一道紅光，在大腦意識到那是什麼之前，身體已經下意識做出反應，迅速壓低身體，背貼著牆壁躲起來。

當他看清楚在牆壁上移動的紅點後，立即清醒過來。

是紅外線，這表示有人正拿著狙擊槍從遠處瞄準這裡。

附近沒有制高點，所以能看到的角度有限，他只要避開狙擊路徑移動就沒有問題。

羅本在腦海中估算周圍地型與狙擊手可能躲藏的位置，原以為只要照做就能全身而退，沒想到下一秒，猛烈的子彈連發貫穿牆壁與玻璃，毫不留情地掃射二樓走廊。

這不是狙擊，而是機關槍。

看來剛才他就已經被狙擊手發現，否則對方也不會利用機關槍掃射。

從威力來看，是大型機關槍塔而不是手持槍枝，也就是說對方早就打算這樣做。

先用狙擊鏡確認目標位置，再用機關槍把對方打成蜂窩——完完全全就是暴力。

牆壁雖然沒有完全被貫穿，但面對這種大型機關槍塔的子彈，不可能支撐太久。

在連續射擊停止後，羅本迅速從牆壁後方衝出去，暴露在沒有玻璃遮蔽的窗口前的他，很快就被紅點瞄準。

咻！

狙擊槍的聲音相當細，並不如機關槍那樣沉重。

它從槍管彈射出來，筆直衝向羅本。

早就知道對方會扣下扳機的羅本，直接透過紅點出現的位置判斷子彈射過來的方向，僅僅只是將脖子往後一縮，便成功避開狙擊槍的子彈。

子彈打進後方牆壁，出乎意料之外的結果讓開槍的狙擊手愣住。

而後，他透過狙擊鏡與位於二樓的羅本四目相交。

狙擊手嚇一大跳，怎麼樣也想不透為什麼羅本會看到他，正當他以為羅本會反擊的時候，卻發現他什麼都沒做，就這樣消失在二樓窗口。

如鬼魅般。

「……哈，沒想到竟然有能夠單靠紅外線位置，就能判斷子彈方向並躲開的人存在。」

狙擊手苦笑，額頭上的汗水越冒越多。

和他對上眼的那個男人，真的是人而不是鬼？

經過機關槍的掃射洗禮，大樓被破壞得很嚴重，強化玻璃都被貫穿。

所幸大樓外牆還算堅固，雖然被子彈狠狠貫穿，但大部分都還是成功擋下來了，要不是因為這樣，羅本現在也不會安然無恙。

他不認為這是突如其來的襲擊，而且從剛剛開始，研究大樓內的情況就有點不太對勁，正常來說一樓的研究人員應該會陷入混亂並設法逃跑，可是他卻沒有聽見樓下傳來任何腳步或說話聲，就像大樓已經被全面淨空。

是提早撤退，或者說是在攻擊前就先被抓住？又或者是已經全被那些人殺死？

更奇怪的是那些在周圍巡視的黑衣保鑣，也全都不見蹤影。

能夠用來判斷的情報太少，但現在也沒有其他心力去思考這麼多問題。

羅本來到邱珩少的個人研究室，發現這裡玻璃外牆已經破碎，裡面的東西亂成一團，實驗器材甚至冒出詭異白煙。

他摀住口鼻，靠近確認，發現地上有小灘血跡，沒有看見邱珩少。

對面的玻璃碎片裡也有幾滴鮮血，一路延伸到樓梯方向。

啵啵啵……

從研究室外探頭探腦的羅本，被冒白煙的研究器材發出的聲音嚇一跳，還沒理解發生什麼事，就看見煙霧裡出現火光。

意識到大事不妙，羅本迅速壓低身體，貼著地面躲避。

「碰」地一聲巨響，研究室裡的東西全部炸飛，紅色火花迅速燃起，瞬間吞噬研究室內的所有物品。

緊接而來的，是令人頭痛的刺鼻臭味。

畢竟這裡是邱珩少的個人研究室，羅本直覺反應裡面散發出的味道，絕對不是什麼好東西，於是迅速往樓梯方向撤離。

他的喉嚨發癢，只能強忍想要咳嗽的感覺，從隨身槍套裡拿出手槍。

不清楚一樓是什麼狀況，他只能先設法確保自身安全，慢慢去找尋不見蹤影的邱珩少。

樓梯留下的血跡也很零散，看樣子傷口的流血量不大，所以留下的痕跡有限。

一樓果然沒有任何聲音，奇怪的是攻擊也停止了。

正當羅本忙著確認殘留的血跡，試圖尋找前進方向的時候，身後突然有人逼近。

始終保持戒備狀態的羅本，當然不可能沒有察覺，他在對方伸出手的瞬間轉身，握住槍托，將槍口瞄準對方的腦袋。

似乎沒想到羅本會拿著槍，一見到手槍，對方便壓低聲音，急著說：「是我。」

羅本在見到熟悉的臉之後，嚇了一跳，慢慢把手槍放下。

「搞什麼？你怎麼會在這裡。」

「我是看狀況不太對勁才出來確認的。」

出現在羅本身後的男人，是這幾天除吃飯時間之外，幾乎不會碰面的布魯。

布魯看起來沒有受到襲擊，不過衣服和臉上沾有些許灰塵。

「你從監控裡發現什麼？」

「正確來說是什麼都沒有發現。」布魯嘆口氣，指向旁邊，「詳細情況等安全後再說，我先帶你去臨時避難室，那個地方只有我跟邱珩少先生知道，躲在裡面的話襲擊者就找不到我們。」

「不行，還沒找到邱珩少。」羅本皺眉指著旁邊殘留的血跡，「那傢伙可能受了傷，萬一他正在被人追殺，我得過去救人才行。」

「因為您是他的保鑣？」

布魯看著他的眼神，充滿疑問。

羅本並不感到意外，畢竟他對待邱珩少的態度，打從一開始就不太友善，所以布魯可能會對他如此盡忠職守，做好身為貼身保鑣工作的事覺得奇怪。

他搔搔頭，無奈道：「收了錢當然得做事。」

「……羅本先生還真是認真啊。」

布魯的語氣沒有夾帶任何情緒，但也不像是打算否定羅本的決定。

因為沒辦法判斷他在想什麼，羅本只能當作他默認。

「我不會勉強你跟我一起去找他，如果說你剛提到的臨時避難所很安全的話，你就自己先過去。」

「不。」布魯垂眸，從口袋裡拿出一臺手機大小的掌上平板，「如果羅本先生不打算過去的話，我也不會這麼做。」

「那麼，你是要跟我一起去找邱珩少？」

「是的。雖然老闆派我來這裡，只是為了協助邱珩少先生，而非保護他，但我沒辦法見您在沒有人輔助的前提下獨自硬闖敵營。」

羅本和布魯壓低身體，窩在樓梯上，這個角度能夠稍微看見一樓的狀況，但周圍沒有任何聲響，所以也不需要注意樓內的危險。

最大的危險，只有來自建築物外圍的攻擊。

「你知道保鑣和其他研究員在哪嗎？」

「應該都還在他們原本待的地方。」

「……什麼意思？」

「不久前一樓的空調系統有發生異樣，不過因為只有短短幾秒，所以我沒有很在意，但後來一樓各房間的監視器畫面就變得不太對勁。」

「空調系統不是相通的嗎？」

「一樓和二樓的空調系統是獨立的，這是為了防止意外發生，畢竟邱珩少先生進行的研究具有危險性，萬一發生意外，對他來說是相當大的虧損。」

「原來如此。」

布魯的解釋，讓羅本大概能夠明白為什麼一樓會如此安靜。

按照目前的情況來看，大樓周圍的保鑣應該是被具有潛行能力的敵人個別殺害，所以才沒有傳出任何槍響以及混亂狀況，而一樓的空調系統大概是被敵人動了手腳，研究員不是陷入昏迷就是被毒殺，所以才會如此安靜。

這絕對不是臨時拼湊的計畫，而是仔細安排過的。

如果沒有內部人員的協助，不可能做到這種地步，也就是說——

「您覺得有人背叛，和敵人暗中聯手設計我們，對吧？」

布魯突然說出他腦海裡正在想的事情，就像是看穿想法一樣。

羅本沒有回答，而是繼續確認：「因為一樓空調出狀況，所以你才把我攔下來？」

「不，倒不是這個原因。」布魯摸著下巴，「空調系統目前是正常運作的，也就是說一樓就算真有什麼致命氣體，也已經被過濾，危險性不大。」

「跟一樓相比，二樓還比較危險。」羅本透過布魯，看著越燒越旺盛的火焰，用眼神示意他跟著自己，「邱珩少不知道對研究室做了什麼，總之現在得先在火勢蔓延開來找到人。」

布魯回頭看了一眼，同意羅本說的話。

從二樓樓梯口附近開始蔓延的火苗，延燒範圍和速度比想像中快，在他們交談的這短短幾分鐘之內，已經變成大火，不斷竄出黑煙。

在這個情況下，埋伏在外圍的敵人也不敢輕舉妄動，為他們爭取不少逃跑時間。

他們貼著牆壁來到一樓，沿著殘留在地面、牆上的血跡前進。

突然間不遠處傳來「碰」的一聲巨響，羅本和布魯立刻提起精神，往前直奔。

某扇鐵門被人整個撞開，門板凹陷，可憐兮兮地躺在地上。

裡面傳來男人的哀號聲，安全起見，羅本示意布魯待在他身後，不要冒險靠近，自己則是小心翼翼地往裡面走。

燈光昏暗的房間裡，有兩三個鐵架隔開形成的走道，架上全是紙箱與塑膠瓶，看起來是間儲藏室。

一聲聲沉重的槌打聲從第三個鐵架後方傳來，羅本透過鐵架縫隙看見有個穿著白色長外套的男人正在不斷用腳踹倒地的人，由於視線有限，羅本無法確定那兩個人是誰，但從濺飛在周圍的鮮血量看來，他要是再不阻止，那個人就會被活活踹死。

正當羅本打算出手的瞬間，男人突然收回腳，彎腰撿起掉落在旁邊的手槍，二話不說就把槍口對準對方的腦袋。

羅本一驚，立即衝過去抓住對方的手腕，不讓他開槍。

對方似乎沒想到竟然還有其他人在旁邊，臉色一沉，揮拳砸向羅本的腦袋。

當然，羅本早就看見他的手臂揮動的行為，在拳頭碰到自己前向後閃避，沒讓對方得逞。

接著他將那支持槍的手往下壓，讓對方的手與揮空的拳頭在面前交錯，一瞬間就讓人失去穩定身體的平衡能力。

雖然這個人比羅本還高，但還是能藉由這種簡單的方式讓對方無法再做出更多的攻擊行為。

就在男人因為不穩而身體稍稍往前傾倒的瞬間，羅本舉起持槍的左手，將槍托作為鈍器，打擊他的太陽穴位置。

忽然間，羅本停止攻擊，槍托在距離男人的太陽穴位置短短不到幾公分的距離，隨即便收起力道，慢慢垂下。

「你在搞什麼？邱珩少。」

羅本沒有打下去的原因，是因為他看清楚這個男人是誰。

原本眼神凶惡、全身散發著黑色氣息的邱珩少，在聽見羅本的聲音後，冷靜下來。

「我是在自保，沒看見嗎？」

「……我只看到你快把人活活踹死。」

羅本鬆開手，還邱珩少自由，看向癱坐在地上，臉被揍到面目全非的男人。

從這個人的穿著打扮看起來，應該是一樓的研究員之一，因為服裝相似，所以羅本並沒有立刻發現他們的身分。

幸好他反應夠快，否則他就真要把自己的委託人打到頭破血流了。

「這傢伙是誰？」

「不知道。」邱珩少瞇起眼眸，再次抬起腳狠狠踐踏這名昏死過去的男人，「我明明說過不准上二樓，但他卻突然闖入我的研究室，試圖攻擊我。」

邱珩少接著把剛才發生的事情一五一十告訴羅本。

原本在研究室裡工作的他，突然聽見密碼鎖開啟的聲音，剛回頭就看到這個男人持刀衝上來，直接往他的脖子劃過去。

他雖然閃過攻擊，仍被刀刃劃傷脖子，當時沒有太多想法，內心只想著要把這傢伙抓起來的邱珩少，迅速抓起放在桌面的剪刀，狠狠插進對方的肩膀。

這就是為什麼研究室裡會留下血跡，大多數都是這個男人的。

隨後二樓就被外面的機關槍掃射，走廊玻璃窗破碎的同時，也打穿研究室的玻璃牆壁，而注意到掃射攻擊的邱珩少和攻擊他的男人也蹲下身，順利躲過。

在攻擊結束後，他爬出研究室逃往一樓，就算手掌心被玻璃碎片劃破也沒時間去在意，只想著跟對方拉開距離。

逃往一樓後，他躲起來，而這個人就像是絕對要殺死他似的，即便傷口流血也沒有放棄，沿著血跡找人。

邱珩少知道他會這麼做，便故意在儲藏室的鐵門握把上留了血跡，並稍稍打開，製造出有人在裡面的假象後，躲在正對面的房間，靜靜等待獵物上鉤。

果不其然，對方還真的咬住他扔出去的餌，傻傻以為人躲在裡面。

在他輕輕推開門，試圖進入裡面查看的瞬間，邱珩少從對面房間裡走出來，大腳一踹，狠狠把對方連人帶門踹進房間。

這就是羅本他們剛才聽見的巨響聲。

對方撲倒在地後迅速爬起來，卻被邱珩少掐住脖子，往後推到第三個架子上，接著再把他拖到角落，狠狠丟在地上。

雖然這個男人想要拿出手槍反抗，可是卻被邱珩少立刻用腳踹掉，接著他便開始用拳頭猛砸對方的臉，再踩住對方的膝蓋，直到骨頭斷裂。

因為不爽被人背叛、偷襲，殺紅眼的邱珩少撿起手槍，想要了結這個叛徒，但是卻被突然出現的羅本阻止。

這，就是全部經過。

羅本聽完後忍不住苦笑，邱珩少這男人根本不是什麼省油的燈，甚至比黃耀雪還要更像個黑手黨。

「所以研究室爆炸，不是你搞的鬼？」

「哦，那個啊。」邱珩少從口袋裡拿出手帕，將沾滿血的手擦乾淨後，隨手將它丟棄在滿身是血的男人身上，好聲好氣地解釋：「是我做的。」

「你有事沒事幹嘛炸掉它？」

「算是防盜措施。」邱珩少聳肩，「我每次進入研究室的時候就會開啟那個實驗器材，如果不定時去平衡裡面的化學物質，它就會因為過量而自燃並引爆。」

「這叫做防盜？你確定不是定時炸彈？」

「只要我沒出事，就不會讓它爆炸，相反地，要是我受到攻擊或死亡，它就會代替我毀掉一切。」

「你做事真的有夠極端。」

「我就當作你是在稱讚我。」

「哈啊……不說這些了，先離開這裡再說。因為你的關係，二樓現在已經是一片火海，我們待在這不安全。」

邱珩少勾起嘴角冷笑，「看樣子外面那些傢伙是想等我們自己出來。」

放棄將男人置於死地的邱珩少，轉身從鐵架後面走出去，在看到站在門口處的布魯後，並沒有露出意外的表情，反而不是很滿意地咂嘴。

跟在後面的羅本沒想到他見到布魯後竟然會是這種反應，有點尷尬地看著兩人，總覺得現在他絕對不能開口插嘴，免得掃到颱風尾。

「你是來扯後腿的，還是來幫我的？」邱珩少以傲慢的態度質問布魯。

布魯沒有回答，只是向他點頭示意。

接著他轉眼與羅本對視，故意無視邱珩少，開口和他說話。

「現在我們能去臨時避難室了吧？」

「哈！竟然無視——」

邱珩少臉上浮現青筋，儼然對於布魯的態度非常火大。

眼看兩人又要吵起來，羅本也只能無奈走上前，站在兩人之間，以中立的身分提出想法跟意見。

「在外面埋伏的敵人不知道什麼時候會衝進來，現在是因為他們知道二樓失火所以才沒有輕舉妄動，我們要把握這個機會。」

接著他轉頭對邱珩少說：「先去避難室，既然那裡是因應這種狀況而準備的後路，我們就得善加利用。」

邱珩少直勾勾盯著羅本看，眼神像是要把人貫穿。

至於布魯倒是一點想法也沒有，走出房間。

「跟我來。」

不等回應，也不管他們是不是已經跟上來，自顧自地往前走。

羅本感覺自己的後腦杓快要被邱珩少看穿，但是沒辦法，現在可不是感情用事的時候。

「走吧。」

「……嘖。」

雖然百般不願，但最後邱珩少還是乖乖跟著羅本。

他們跟上走在最前面的布魯，和他們一起來到位於樓梯正下方的小門。

這扇門沒有門把，只有一個下滑的蓋子，打開後裡面是個密碼鎖。

布魯從容不迫地輸入密碼後，門順利打開。

頭頂濃煙密布，甚至已經可以嗅到化學藥劑燃燒後的刺鼻臭味。

在這裡變得更加危險之前，三人進入門中，接著這扇門便自動關閉，傳出重新上鎖的嗶嗶聲。

從樓梯蔓延下來的火勢，迅速來到一樓，而他們卻早就已經神不知鬼不覺地撤離，任由惡火吞噬所有的研究與留在大樓內、動彈不得的那些人。

／

在羅本的印象中，避難室應該是相當簡便、能夠讓人安全躲避危險的臨時住所，可是布魯帶領他們來到的避難室，卻徹底顛覆他的想法。

高級到像是酒店套房、閃閃發光的房間，所有的家具擺設都是最高級的，不僅如此，還有非常豐富的糧食，甚至能夠洗熱水澡、用超大型數位電視欣賞串流平臺。

如果不是幾分鐘前才遇到那些危險，羅本根本不相信自己現在待的地方竟然被他們稱為臨時避難室，而非度假酒店。

和不知所措的他相比，布魯和邱珩少倒是很愜意，理所當然接受這個不尋常的避難室。他們的反應冷靜到讓羅本覺得自己反應過度。

撇下還在欣賞避難室的羅本不管，邱珩少和布魯就像是各自有事情得做，分別走向裡面的房間以及客廳。

數位電視下方的長方形矮櫃有許多擺設，其中有個像是充電器的球托，上面放置一顆棒球大小的圓形金屬。

布魯從口袋內裡拿出一個方形小盒子，將放置在裡面的晶片拿出來，插進圓形金屬下方的凹槽。

金屬球上的線條發出藍綠色光芒，接著球體就從球托緩緩飄起。

『系統啟動完畢。歡迎您，主人。』

羅本嚇一跳，沒想到那顆金屬球竟然會說話，還能飛。球體從後端伸出爪子，像是尾巴，但更像凶器。它繞著布魯飛一圈後，爪子插進數位電視的輸入孔，螢幕瞬間開啟，並被大量程式碼淹沒，直到游標停止在輸入指令的位置。

原本走進去房間裡的邱珩少，在螢幕開啟後沒多久回到客廳。他的手裡拿著武器，腰間掛著隨身腰包，不知道裡面裝了些什麼危險物品。邱珩少把裝著狙擊槍的箱子塞進羅本懷中，接著把自動手槍扔給站在螢幕前的布魯。雖然他沒有開口提醒，但布魯卻像早就知道他會這麼做，頭也不回接住手槍。

他確認完手槍內的子彈數量後，才開口。

「現在開始，我會確認附近的敵人數量和位置，再來就是您的工作了，羅本先生。」

「什麼？」才剛拿到槍的羅本，聽到他說的話之後，猛然抬頭，「我們不是要躲在這裡等那些傢伙離開嗎？為什麼你們兩個的樣子看起來……是想要把攻擊我們的敵人全部殲滅？」

「難道你以為那些傢伙入侵我的地盤，不用付出任何代價？」邱玠少冷哼道：「我打從一開始就沒想要放過那些人。」

羅本終於明白這兩個人在想什麼。

他們來到避難室的目的並不是想要躲避危險，而是要利用這裡的資源來作為反擊的武器。

掌控系統的布魯，爽快地把數位電視當成電腦操作，至於邱玠少則是早就在裡面的房間裡備妥武器，隨時都可以使用。

以這兩個人一進入避難室就直接開始行動的態度來看，他們早就已經安排好了，也清楚明白，遇到這個狀況時要做什麼。這絕對不是默契，而是商量好的對策。

羅本總覺得自己好像根本沒有融入這兩個人的計畫之中，只不過是計畫裡隨時可以使喚的棋子。

他還以為邱玠少不信任布魯，看來這兩個人只是單純合不來而已。

邱玠少不知道羅本在想什麼，也不想去理解。

他把裝著子彈的胸包套到羅本身上，讓他可以掛在胸口、隨時使用。

羅本稍微拉開拉鍊，確認胸包裡的東西，無奈嘆氣。

「我可不想和那些人硬碰硬，包圍、偷襲我們的那些人，跟你花錢雇用的那些三流殺手的程度完全不同，你應該不會天真以為我能一個人除掉他們吧？」

「用不著擔心，我會跟著你。」

「什麼！」

比起讓他獨自去面對那些敵人，邱珩少說他也要去的這句話更讓羅本吃驚。他知道邱珩少開槍還滿準的，也不會對敵人手下留情，但身為敵人目標的人怎麼可以冒險去對付敵人？

「瘋了嗎你！」羅本下意識脫口而出，「就算我再怎麼不行，也不會讓你過去。」

「那些傢伙的目標是我，所以我去的話能夠幫你分散注意力。」邱珩少垂眸看著比他略矮幾公分的羅本，勾起嘴角，「你只需要用狙擊槍掩護我就好。」

「你這傢伙……當狙擊手是萬能的嗎？」

「其他狙擊手有多少能耐我不太清楚，但你的話，我就算閉著眼睛面對敵人，也不會擔心自己會被殺死。」

羅本知道邱珩少信任的不是他這個人，而是他的能力。

「你到底在想什麼？邱珩少，這難道也是你的計畫？」

「我怎麼可能知道誰會來偷襲？」

「那你為什麼還能這麼冷靜？」

「呵。」邱珩少勾起嘴角，傲慢地回答：「因為很有趣啊……不是嗎？有那麼多主動湊過來當我實驗品的白老鼠，我高興都來不及了。」

「白老鼠？」羅本皺眉，意識到邱珩少又打算作怪。

看來他不該多管閒事、擔心這個男人的人身安全，反而應該為敵人捏把冷汗才對。

羅本嘆口氣，伸手用拇指指腹輕輕按揉邱珩少脖子上被刀劃破的傷口。

他把手收回，盯著手指沾染的紅色血跡，不耐煩地皺眉。

「先處理你的傷口。」

「不是什麼嚴重的傷，用不著管。」

「我覺得礙眼。」羅本抬起頭，直視那雙對他提出的要求感到不快的眼眸，堅定自己的想法，詢問道：「這種地方應該不可能連個醫藥箱都沒有吧？」

「我說了不用管。」

「醫藥箱，邱珩少。」羅本用力將裝著狙擊槍的沉重箱子用力放在旁邊的桌子上面，巨響聲甚至讓站在客廳的布魯嚇一跳。

專心確認周圍狀況的布魯，根本沒發現他們在幹嘛，直到聽見聲響才知道他們之間的氣氛不太好。

不過他也只打算旁觀，畢竟不想掃到颱風尾，添增麻煩。

僵持不下的氣氛，看似就要爆發爭執，邱珩少看向羅本的眼神依舊冷冰冰，不過羅本也沒有因為他默不作聲的威脅就退讓。

突然間，邱珩少轉身離開，沒幾分鐘後便帶著醫藥箱回到羅本面前。

「咚」地一聲，用力將醫藥箱放在桌子上的邱珩少，面無表情地坐下來。

雖然他什麼話都沒說，不耐煩卻又還是妥協的態度，讓羅本滿頭問號。

不去細想、猜測邱珩少內心想法的羅本，打開醫藥箱，稍微向上抬起邱珩少的下巴，替他處理脖子的傷口。

出血量不大，但傷口至少有食指長度，光是看著多少還是有點怵目驚心。

所幸只是看起來嚴重，傷口深度很淺，頂多比刮傷深一點點。

就算不用縫合，也還是需要消毒、上藥。

清創完畢，只要再貼上傷口敷料便大功告成。

羅本一邊收拾醫藥箱，一邊感慨方便的生活真好，若是在戰場上，根本就不可能有這麼好的東西能夠治療。

「這樣你滿意沒？」

邱珩少起身，眼神比之前還要冰冷，即便沒有口出惡言，但羅本還是能夠感受到他心裡有多麼不滿。

如果他們現在還在那座島上，是玩家與罪犯的關係，恐怕他接下來就要被這個男人殺死了吧。

——不，或許在他提出要求的那個瞬間，就會立即丟掉性命。

「接著說你的計畫吧。」像是退讓，羅本打開裝著狙擊槍的箱子，「我會照你說的做，不會再跟你唱反調。」

「你現在是覺得因為我乖乖聽你的話，所以才跟我妥協？」

「不，因為你是我的委託人。」

他的回答似乎沒能讓邱珩少滿意，他的表情陰沉，沒有半點原有的傲慢。

直到羅本將狙擊槍組裝完成為止，邱珩少都沒有開口說半句話。

「確認完畢。」盤腿坐在客廳的布魯，以這四個字打破沉默。

邱珩少立刻起身走過去，視線快速確認螢幕顯示出的分割畫面。

螢幕尺寸夠大，即便分割畫面數量多，也能看得清楚。

布魯僅僅只有叫出確認敵人位置的幾個畫面，螢幕四分之一左右的空間都被黑色視窗的程式碼占據。

「上面應該燒得差不多了，那些傢伙很快就會試圖進入確認屍體。」

螢幕畫面包括研究室正上方的俯瞰影像，從中可以確認大樓已經完全陷入火海，而從裡面倉皇逃出的研究員與保鑣，基本上不是因為大面積燒傷而脫水死亡，就是被入侵者開槍打死。

「這些傢伙完全不打算留活口。」邱珩少雙手環胸，不快咂嘴，「真麻煩……人數比我想得還多。」

「他們分成三個小隊，一隊有五個人。兩隊各占據大樓前後門，剩下的小隊則是負責進攻，就算我們從這裡出去，把進入大樓的小隊幹掉，埋伏在外面的另外兩隊在收到情報後也會立刻過來支援。」

「也就是說，我們不能曝光位置。」

「是的。」布魯轉頭望向邱珩少，「這對我們來說非常不利，就算您也加入作戰，對方畢竟是專業的傭兵，不見得能有多少幫助。」

「你只需要提供情報就好，用不著發表意見。」

「……我明白了。」

邱珩少的拒絕，充滿威脅，布魯並不打算硬碰硬，果斷退讓。

他只不過是來幫忙的，邱珩少的死活不在他的管轄範圍內，那是羅本需要擔心的問題。

坦白說，就算邱珩少在這裡被那些傭兵殺死，也不關他的事。

但，另外一個人的立場可能跟他不同。

「他說得沒錯，按照對方的部屬情況來看，你去也沒什麼幫助，更不用說你還是他們的目標。」

把槍留在桌上，走到客廳的羅本，把手搭在邱珩少的肩膀，替布魯說話。

布魯看他一眼，很快便撇開視線，因為他知道羅本絕對不可能放任邱珩少強硬行事，畢竟這個人的工作是負責護衛邱珩少。

羅本面不改色站在邱珩少面前，完全不畏懼他冰冷的視線。

現在可不是意氣用事的時候，任何一個決定都有可能會丟掉小命。

在邱珩少開口反駁前，布魯搶先向羅本提問：「你有什麼好主意嗎？」

「瘋了嗎？當然沒有。」羅本立刻否定，「我只是個軍人，又不是指揮官，這種事情我沒多少經驗。」

雖然羅本極力否認，可是布魯和邱珩少卻很有默契地交換眼神，不覺得他真的沒有任何想法。

眼看這兩個人根本沒相信自己說的話，羅本冷汗直冒，頭痛萬分。

「別那樣看我，我是真的沒想法。」

「不用去想那些複雜的事，我們現在需要的不是戰術，而是殲滅敵人的方式。」邱珩少攤手道：「那是你擅長的，不是嗎？」

「我是軍人，不是殺手。」

「只要能達成目的就行。」

「哈啊……你真的很難溝通。」

羅本大口嘆氣後，對著用炯炯有神目光看著自己的兩人說：「我需要有人能夠隨時協助我確認敵人位置，還有一些裝備。」

邱珩少和布魯再次對看，同時點頭。

「需要什麼就說，這裡的裝備應該能滿足你的需求。」

「敵人位置的話交給我。」布魯把連接電視螢幕的球體拔下來，扔擲到羅本身邊，「他能協助你鎖定其他人的位置。」

羅本擔心地看著那顆金屬球在自己身旁繞來繞去的可愛模樣，冷汗直冒。

「這東西很貴吧？我可沒時間保護它，要是壞了的話我賠不起。」

「您不需要在意這種小事。」布魯泰然自若地說：「它沒那麼容易壞掉，您只要把它當成空氣就好。」

羅本怎麼樣也不可能無視這顆飄浮的金屬球，但既然布魯說不用管它，那應該就沒問題了吧。

「這個給您。」布魯拿出一個小方盒，盒子裡面裝著像是無線耳機的道具，「它會透過耳機告訴您敵人的位置與數量，雖然正常來說應該是要有電子顯示器會比較好，不過考慮到您必須低調行動，只能這樣做。」

「這就夠。」羅本把耳機戴上後，接著跟在邱珩少身後，來到擺滿裝備的房間。

進入裡面的房間後，他嚇了一跳，因為房間裡的擺設和武器種類，和二樓的武器庫一模一樣。

這段時間羅本很常出入武器庫，所以對於裡面的裝備擺放位置十分了解。

他需要的東西不多，所以很快就能準備好，反而是跟在他身後的邱珩少，在走出房間後手裡突然增加不少東西。

手榴彈、炸藥、攜帶型地雷、閃光彈……羅本看得都頭疼了。

「你拿那些做什麼？」

「以防萬一。」

「你不是跟我說好不會出去？」

「是給你用的。」

「……我不是去打仗的，用不著這些東西。」羅本扶額，皺著眉頭說：「你要我拿那些東西，是想叫我把大樓炸掉嗎？」

邱珩少低頭看著懷中的東西，思考過後，果斷把它們全扔在桌上。

他隨興、不在乎的態度，像是根本不把這些危險的武器當回事。

「不需要就算了。」邱珩少拿起羅本組裝好的狙擊槍，塞進他的手裡，「其實我們大可躲在這邊，直到那些傢伙離開為止，但我有必須把入侵者全部殺掉的理由。」

羅本舉起手，將掌心面對邱珩少，阻止他繼續說下去。

「你不用跟我解釋那麼多，現在你是我的雇主，所以我會照你的命令去做，就是這麼簡單。」

「……呵。」

邱珩少勾起嘴角，看起來相當滿意，但在羅本眼中看來，卻有點可怕。

「咳、咳咳。總而言之，這裡還有其他出入口嗎？」

「我們進入的那個通道是只進不出，出去的門是通往其他地方。」

「所以你們才不擔心出不去？」

「把避難室的出入口設置為同個地方才是真正愚蠢的行為。」

「知道了知道了，求你別再說。」羅本急忙阻止，免得邱珩少又造口業。

邱珩少歪頭看著羅本，雖然覺得他的反應有點奇怪，但並沒有說什麼。

「準備好就跟我過來吧，我帶你去出口。」

「好。」

「你需要花多少時間？」

「把敵人清除完畢？」羅本仰頭思考，「順利的話大概二十分鐘吧。」

「太慢了，我給你十分鐘。」邱珩少垂下眼簾，「十分鐘後我就上去找你。」

「什——」

「那是我耐心的極限，既然你不想讓雇主獨自面對危險，最好就在我指定的時間範圍內把那些該死的傢伙全部殺掉。」

幾秒鐘前，羅本還覺得邱珩少似乎有稍稍退讓的想法，現在卻因為他這句話完全改觀。

這傢伙真的不肯乖乖聽別人的命令，仍舊是那個以自我為中心的渣男。

想要阻止這個男人的話，他也只能盡力照做，畢竟他不想把事情變得更麻煩。

「哈啊……好吧，就十分鐘。但你得跟我保證，這十分鐘你給我乖乖待在這裡，不准亂跑，聽見沒？」

「嗯。」邱珩少彎起眼角，微微一笑。

他的回應方式讓羅本不爽，果斷無視他那雙充滿笑容的眼睛。

羅本真心認為，比起跟邱珩少待在一起，還不如逼他去面對兔子。

迅速收拾完東西的羅本，主要還是輕裝，他沒有穿戴防彈背心，而是方便好行動的簡單衣物，脖子圍著領巾，能夠遮住口鼻，為了防止煙霧影響視線，他戴起護目鏡。

他只有攜帶胸包和邱珩少給他的那把狙擊槍，以防萬一在大腿綁了把小刀，除此之外沒有其他武器。

布魯看得出羅本是打算靠那一把狙擊槍打天下，但這種事，真的能夠做到？

就光憑藉自身的狙擊實力，以及耳機傳遞的敵人位置，能在十分鐘之內把三隊訓練有素的傭兵殲滅？

他保持懷疑態度，但邱珩少似乎不那麼認為。

兩人在目送羅本從出口離開後，看著緊閉的門，氣氛降至冰點。

「你是不是在懷疑他的實力？」

邱珩少故意問布魯，很明顯是在故意找碴。

布魯搖搖頭，「正常來說不可能做得到吧？我反而覺得是您把羅本先生逼得太緊，要是羅本先生出什麼事，左牧先生絕對不會放過你的。」

邱珩少不以為然。

「那，要不要打個賭？」

「什麼？」

「他至少能殺掉一組人馬。」

「……您打算用什麼東西來跟我賭？」

「就拿你老闆最想要的那個研究吧。」

一聽到邱珩少說的話，布魯瞪大眼，表情變得相當認真。

「這可是您親口說的。」

「我知道你肯定有錄音，就算沒有，這個房間裡的監視器也足夠作為證明，你不用擔心我之後會不會反悔。」

「那麼如果我輸了，需要拿出什麼代價？」

「嗯——」邱珩少伸手撫摸脖子上的傷口，轉頭走回客廳，翹起二郎腿坐在沙發上，簡單回答兩個字：「保留。」

「什麼？」

「就當你欠我一次，不用擔心，我不會提出過分的要求。」

頂著那張臉，居然還敢跟他說什麼不用擔心。

布魯內心糾結，卻不願意錯過這次機會。

最後他就像是被牽著鼻子走的傻瓜，同意了邱珩少的條件。

「成交。」

看著邱珩少嘴角上揚，露出讓人畏懼的笑容，彷彿已經認為自己贏下這場賭注，這讓布魯非常不快，但也有種誤入陷阱的錯覺。

幾秒鐘前才爽快答應，可是現在他卻已經開始後悔了。

臨時避難室的出口位於地下水道，內側有門把與電子鎖，但外側卻什麼都沒有。門關閉後就會完全與地下水道的牆壁貼合，完全看不出有門的樣子，安全度高到讓人覺得毛骨悚然。

羅本沿著下水道往前走，沒多久就看到垂直向上的爬梯，雖然有點生鏽，但並不影響攀爬速度，以他的身手，爬上去只需要短短幾秒鐘的時間。

向上推起頭頂的水溝蓋，先讓圓形金屬球出去外面，等它確認周圍沒有敵人的蹤影，羅本才跟著出來。

將水溝蓋恢復原狀後，羅本仔細確認自己所處的位置。

周圍全都是樹木草叢，看樣子這裡是大樓旁的森林。

不得不說，這裡確實是個好地方。

大樓所處的位置太寬闊，雖然附近沒有制高點，但也不好隱藏蹤跡，如果想要靠一個人的力量偷襲三組傭兵小隊，這片樹林將是最佳的作戰地點。

『距離您最近的是位於後門的那組傭兵小隊，要從他們先開始嗎？』

耳機裡傳來布魯的聲音。

羅本起身，慢慢步入樹叢中。

「從誰開始都一樣，一旦我開槍，所有人都會知道我在樹林裡。」

『您不打算用暗殺的方式？』

「怎麼暗殺啊？我又不是那兩隻臭兔子。」羅本嘆口氣，把狙擊槍扛在肩膀上，撥開眼前的樹枝，「他們的戰鬥方式不適合我，我有我的想法，你跟邱珩少只要閉嘴躲好就可以。」

『真可惜，我還以為能夠像在那座島上時，向您提供協助。』

「跟你直接連絡的是左牧，又不是我這個罪犯。」

『當一回玩家不有趣嗎？』

「心領了，我沒有興趣。」

不再和布魯閒聊，羅本環視周圍，確認目標後，迅速俐落地爬到其中一棵樹上。

他用大腿夾住樹枝，把扛在肩膀的狙擊槍放置胸前，做好開槍準備。

羅本對這座樹林並不是很熟悉，不過這並不影響他的行動，只要能夠確認敵人的位置，即便是初次踏入的樹林，他也能夠輕易掌握。

「我開槍後那些傢伙就會進入樹林搜查，你要隨時告訴我他們的位置。」

『好的，請多加留意，羅本先生。』

羅本總覺得哪裡怪怪的。

這種感覺就好像是自己成為島上的玩家，擁有人工ＡＩ輔佐一樣，讓他內心百感交集，更不用說輔助他的人還是布魯。

他急忙拋開尷尬的心情，向上提槍，眼睛貼於狙擊鏡，瞄準敵人的後腦杓。

心裡數著拍子，壓在扳機的指尖感受到微微的涼風。

下一秒，扣住扳機的瞬間，子彈從槍管射出，瞬間貫穿其中一名傭兵的眉心。

「有狙擊手！」

「找掩護！」

隊員倒地的瞬間，其他人都還沒能立刻理解發生什麼事，只知道被人偷襲，急忙趴至地面或是找障礙物掩護。

羅本趁他們還不清楚發生什麼事的這幾分鐘時間，從樹上跳下來，帶著狙擊槍快速移動位置。

當目標受到狙擊偷襲的第一槍，需要花費比較多的時間思考與確認狀況，而這也是他轉移位置的最佳時機點。

憑藉那些傭兵的實力，很快就會發現狙擊手在樹林裡，所以他的動作必須快。

三十秒左右，耳機裡傳來布魯的聲音。

『他們開始進入樹林了。兩人一組行動，距離您左後方與右後方位置，看樣子並沒有拉開太多距離。』

「這樣做是正確的，想要揪出隱藏起來的狙擊手，就必須有隨時會賠上性命的心理準備。」

『我不太懂您的意思？』

羅本嘆口氣，不打算繼續解釋。

聽見他的嘆息聲，布魯立刻就明白意思，不再強迫他回答。

『我會隨時替您監視那幾個人的行動，目前看來其他兩隊沒有要改變路線的樣子。』

這是當然。

擁有實戰經驗的傭兵，肯定已經從剛才那一發狙擊確定開槍的人絕對不是邱珩少，既然如此，也就沒有必要撤回其他人過來支援。

能夠從樹葉密布、幾乎沒有狙擊點的地方開槍，甚至還能準確無誤擊中目標腦袋，並在短短幾秒鐘之內撤離原本狙擊點的，肯定跟他們一樣是經驗豐富的軍人，而且他預估敵人早就已經意識到他這邊人數偏少，否則不會在剛才那一槍之後沒有發動攻擊，而是直接銷聲匿跡。

像這樣雙人一組行動，並在看得見彼此的距離下進行搜索的方式，是為了防止偷襲以及第二次狙擊。如果他在這種情況下再次開槍，即便擊中一人，也會被剩下三人鎖定位置。

狙擊手必須完全隱匿，並確保自己能夠全身而退，畢竟他們可不是專門去送死的笨蛋。

所以接下來才是重頭戲。

羅本回頭去找尋剩下的四名傭兵，並在他們聽不見聲音的距離之外，詢問布魯：「你說過這顆金屬球沒那麼容易壞掉對吧？」

『是的。』聽出他的意思，布魯不介意地回答：『只要您有需要，它也能為您擋子彈。』

「不用到這種地步……我只是想讓它去干擾那些人。」

『干擾嗎？沒問題。』

金屬球體發出嗶嗶聲，接著從頭頂上掀翻起蓋子，從裡面爬出五隻金屬蜜蜂。

蜜蜂振動翅膀，迅速起飛，一下子消失不見。

並不是因為它們體型小，難以被發現，而是因為這幾隻金屬蜜蜂身上塗有能夠折射光線的漆料，能在白天短暫隱身。

「那是什麼？」

『小型炸彈——說是這樣說，不過它們的爆炸威力非常小，頂多近距離燙傷敵人，無法作為武器使用。』

「足夠了。」

羅本接著將自己的要求簡單敘述給布魯聽。

原先他還有點擔心布魯會無法理解、配合，意外的是，布魯一次就點頭同意。

現在只剩執行。

羅本多少有點緊張，畢竟他已經很久沒有執行潛行戰術，尤其是還得獨自面對四名敵人，這讓他後悔沒能帶上其中一隻兔子，有那些傢伙在，他就不用那麼辛苦了。

不過，曾經歷戰場的羅本並不是完全沒有面臨過這種情況，就算他不比「困獸」的殺手強，但只要有布魯的協助，應該能做得到。

深吸口氣，再慢慢吐出，努力讓自己冷靜下來，不去思考其他瑣碎的問題。

他將狙擊槍掛在胸前，慢慢地拿出短刀，反手握住。

「三、二……」羅本緊張地倒數，汗水緩慢沿著臉頰滑落。

直到下定決心，並在心中盤算出最終攻擊路線後，才將最後的數字說出口。

「一。」

碰！

寧靜的樹林中，突然傳來一聲爆炸。

聲音雖然不是很大，頂多像是爆竹炸開的程度，但足夠把四名傭兵的目光瞬間吸引過去。

在他們同時瞥向聲音來源，並舉槍瞄準的瞬間，羅本從站在最後面位置的傭兵身後跳出來，用手肘壓住對方的脖子，迅速將短刀斜插進脖子與鎖骨之間的肌膚。

「媽的！」

傭兵大吼一聲，反射性向後退，打算用後腦杓撞擊攻擊他的人，但羅本很快就鬆手退開。

此時，其他三名傭兵在聽見同伴的咒罵後迅速轉身，即便是在不確定偷襲者身分的情況下，仍選擇扣扳機，朝羅本掃射。

流彈甚至打中挨刀的同伴，但這些傭兵卻無視倒地抽搐的人，舉槍對準躲到大石頭後面去的羅本。

「走！」

「喂，你不怕那傢伙只是個幌子？萬一狙擊手還在附近埋伏怎麼辦？」

「不可能的，有那種狙擊能力的就只有那個前職業軍人。」

幾個傭兵大方在羅本面前討論得到的情報，讓聽見這番對話的羅本十分訝異。

原來入侵者已經掌握他的身分，看樣子使喚這些傢伙過來殺他們的主使者，對邱珩少身邊的狀況了解得十分清楚。

大概是剛才那個差點被邱珩少踹死的傢伙透漏的吧。

沒時間苦笑的羅本，聽著從石頭後方慢慢逼近的腳步聲。

軍靴踩踏微微溼潤的土地，樹枝、落葉的脆響，讓他能夠立刻掌握這些人的位置，雖然不是百分之百肯定，不過也足夠了。

他搶在傭兵攻擊自己之前，躺在地上，從石頭右側滑出去。

三人被突然出現的他嚇一跳，似乎沒想到他會以這種方式跳出來，槍口都還來不及對準，其中一個傭兵的腦袋瓜就被狙擊子彈貫穿。

那名傭兵當場死亡，剩下的兩名則是瘋狂朝羅本開槍，可是此時羅本已經滑進旁邊的樹叢，消失不見。

剩餘的兩人迅速靠近，用手中的衝鋒槍翻弄樹叢找人，沒想到從樹叢裡瞬間伸出一隻握刀的手，狠狠插進持槍者的手臂。

「該死！」

「趕快退後！」

挨刀的傭兵立刻後退，與舉槍的同伴擦肩而過。

原以為他會扣下扳機，卻不知道為什麼，叫囂著要射擊的傭兵並沒有開槍，而是直勾勾看著停在槍身上的一隻蜜蜂。

嗡嗡。

嗡嗡嗡。

蜜蜂振動翅膀，發出微弱的聲響後，在這名傭兵的眼前炸出刺眼的火花。

一瞬間眼前只剩白光，什麼都看不到，在視線恢復前，他看到全身沾滿樹葉的男人將短刀刺向自己的右眼。

鮮紅色血液飛濺，短刀由下而上貫穿右眼的同時，也捅進腦袋裡。

衝鋒槍掉落後不到半秒鐘時間，它的持有者也跟著倒地。

短刀仍深深插在他的眼窩裡，直到被羅本一腳踩住臉，使力拔出後才終於脫離，同時大量鮮血溢出，人也不再有任何動靜。

剩餘的三隻金屬蜜蜂在羅本的肩膀附近徘徊，金屬球也緩緩降低，回到他身邊。

羅本仔細確認剛才被他用刀刺殺的傭兵狀況，發現他們已經全都斷氣。

死亡速度快到讓羅本覺得有點奇怪，而且刀傷的部位很快就浮現出瘀青色，這種狀況就像是中毒一樣。

他忍不住懷疑自己手中的短刀，並不是什麼普通的武器。

「清除一個小隊了。」羅本透過耳機回報，不過很快他就意識到這個行為很愚蠢，因為布魯隨時都透過那顆金屬球在確認他的狀況，完完全全知道他做了什麼事，根本沒有回報的必要。

「……當我沒說。」

『看來您反應很快，已經知道沒必要回報情況。』

布魯的聲音聽起來有點高興，這讓羅本很難想像現在他是什麼表情。

他沒有繼續說下去，而是開口確認：「幫我問邱珩少，這把刀到底是甚麼鬼東西？」

『那是我用來測試最新毒素的實驗武器，刀刃處有能夠瞬間讓人麻痺並破壞人體細胞，加快死亡速度的毒。』

回答問題的，不是布魯的聲音，而是讓羅本煩躁、高高在上的那個男人。

羅本盯著手中的短刀看，沒想到他隨手拿的武器竟然這麼誇張，怪不得那些傭兵這麼快就斷氣。

「這種事你就不能早點跟我說？你明明也看到我拿了這把短刀。」

『有必要嗎？反正你又不是那種愚蠢到會不小心被自己的刀傷害的笨蛋。』

「哈……算了，跟你爭論真的是浪費時間。」

抱怨歸抱怨，不得不承認，短刀上的毒能讓他接下來的行動變得更順利。

就在他決定移動到前門去處理另外一組傭兵小隊的時候，死亡的傭兵身上傳來某個人說話的聲音。

『這邊是老鼠，火勢越來越大了，我們必須撤離。』

『有看見目標嗎？』

『沒有。』

『好，那先撤出來再說。烏鴉，回報你們的狀況。』

羅本在聽見通訊器的對話內容後，覺得不太對勁。

就算他是在與大樓有段小距離的樹林裡開槍，其他兩組也不至於沒聽見槍聲，這把狙擊槍並沒有裝消音功能，再加上這些傭兵的衝鋒槍射擊，不可能沒注意到。

寒毛直豎，心跳加快。

當羅本意識到可能有危險的瞬間，一發子彈朝他的頭部射過來。

子彈在他身後的樹幹上打出一個彈孔，被子彈擦過的臉頰，鮮血噗噗噗地從傷口溢出。

比起思考，身體率先做出反應。

他迅速蹲低、躲到樹幹後面去，接著大量子彈瘋狂朝他躲藏的樹幹掃射，像是要將它打爛般，沒有停止的意思。

金屬球與蜜蜂迅速散開，無能為力地看著被壓制住的羅本，以及那群沒有停止掃射，不斷拉近雙方距離的另外一組傭兵小隊。

四人很有默契地交錯時間開槍，完全不給羅本喘息或是逃離的機會。

手持對講機的男人走在最後面，看了一眼倒地不起的同伴，用腳踹兩下，確認對方斷氣死亡後，微微一笑。

「是我小看你了，沒想到狙擊手會那麼擅長近戰，輕而易舉就把一個訓練有素的傭兵小隊除掉。」

男人的聲音透過他手中的對講機，從屍體腰間掛著的通訊器傳出來。

「……嘖。」

羅本雖然有預料到對方會在聽見槍聲後接近這裡，但沒想到居然會利用對講機的方式營造出沒有發現他的假象，讓他一瞬間放鬆戒心。

這組人在跟大樓內搜索的小隊確認狀況的同時，也在慢慢逼近，為的就是想要把他留在原地。

由於通訊內容很有可能會提供線索與幫助，所以他們早就料到用這種方式就能絆住他的腳步，這段時間完全足夠讓他們追過來。

看樣子在第二聲狙擊槍響後這組傭兵小隊就已經開始朝這邊前進，否則他們不可能在這麼短的時間內出現。

從這個決定來看，他們很確信不需要在大樓外守株待兔，否則不會輕易離開。

羅本知道自己不能處於被動，他得想辦法擺脫現在的困境。

他抬起眼，看向頭頂，接獲暗示的剩餘三隻金屬蜜蜂迅速飛向那群持衝鋒槍的傭兵。單隻的爆炸威力確實小，但若三隻一起的話，至少能夠給人造成傷害。

金屬蜜蜂停在男人握在手中的對講機上面，在對方還沒看清楚牠們是什麼的瞬間，同時引爆。

「該死！」

「怎麼回事？」

「有其他狙擊手？」

金屬蜜蜂炸碎對講機，讓男人的手灼傷、被碎片劃破，滿手鮮血。

持衝鋒槍的其他四名傭兵誤以為有其他躲藏的敵人，下意識將槍口轉移並壓低身體，而羅本等的就是這個瞬間。

他迅速從搖搖欲墜的樹幹後方逃出來，但是才剛現身，下一秒一發子彈便在他眼前貫穿他的手臂。

「嗚！」

子彈並沒有穿透，而是卡在被打中的傷口，鮮血在他眼前飛濺，強烈的刺痛與灼傷感讓羅本皺緊眉頭。

他迅速撇頭看向子彈射過來的位置，這才發現右手傷痕累累、鮮血直流的男人，左手持槍對準他。

打中他的這顆子彈，就是他射的。

「嘖，打偏了。」

羅本咬緊下唇，並沒有選擇反擊，而是忍住中彈後的劇烈疼痛，再次鑽入樹叢逃逸，接著他就聽見身後傳來急促的腳步聲。

「這邊！」

「追！別讓他逃走！」

這幾名傭兵並不打算放過他，羅本知道自己如果被抓到的話，絕對不可能活得了，所以他說什麼都得先甩開這群人。

拖著中彈的左手，羅本仍健步如飛，像是沒有受到任何影響。

即便感覺到自己在流血，也沒有影響到他的思考能力。

他利用地形和樹幹，憑藉速度與靈活亂竄的行動方式，總算是勉強甩掉這些人。

躲在微微突起的山丘後方，確認這些傭兵失去方向、找不到他之後，羅本撕掉袖子，扯成長條狀，綑在傷口上方止血。

「照流血情況來看，還能再撐十……不，頂多五、六分鐘嗎？」

羅本將背在身後的狙擊槍轉移到胸前，大口喘息，開始思考接下來該怎麼做。

『您的狀況看起來不是很好。』

此時耳機再次傳來布魯的聲音，同時金屬球體也出現在他能夠見到的樹梢位置。

羅本很想罵髒話，但還是忍住了。

「該死，我本來就不擅長這種事。」

『需要幫助嗎？』

「哈……真想幫我的話就把兔子找來。」

『很抱歉，這有點困難。遠水救不了近火。』

「做不到的話就閉嘴。」

『雖然我沒辦法答應您的要求，但我能提供幫助。』布魯停頓幾秒，像是故意在觀察羅本不耐煩的表情，『您現在所在的這片樹林，並不如外表看起來無害。』

「有話直說，我沒時間聽你賣關子。」

『請把護目鏡戴上。』

羅本半信半疑地把掛在脖子的護目鏡戴好，沒想到一戴上它，羅本立刻就明白布魯為什麼要他這麼做。

這不是單純的護目鏡，而是具有防護功能的顯示螢幕。

『只要您能將敵人引誘至螢幕顯示出的紅點位置，即便您身旁沒有兔子們，我也能保證您不會死在這裡。』

布魯給出的承諾，完全沒有誠信可言，卻是羅本現在唯一的選擇。

『請盡快移動您的位置，那些傭兵回頭搜索了，一分鐘內就會到你附近。』

「嘖。」

羅本將想要罵出口的髒話留在心裡，起身向前移動。

等到這件事結束，他絕對要把放滿朝天椒的三明治塞進這兩個人的嘴裡！

知道時間所剩不多，羅本立刻轉移位置。

雖然勉強將槍傷的鮮血不再繼續汩汩流出，但由於傷口並沒有縫合，鮮血仍一滴滴地沿路留下痕跡。

羅本看了一眼落在樹葉、泥濘土地上的血跡，並沒有想要防止血跡曝光自己的所在位置，持續往樹林裡探索。

護目鏡顯示出的紅點，看起來很普通，有幾個地點是他剛才經過的地方。

他原本以為布魯準備的是陷阱，可是仔細想想也不可能，要是樹林裡有陷阱的話，布魯不可能會隱瞞到現在，而且他剛剛親自走過顯示紅點的位置，沒有發生任何事。

不是陷阱，也不是地雷，更不可能有什麼定點射擊裝置。

那麼，這些紅點標示出的地點，究竟代表什麼？

「……喂，你要我利用那些地方，好歹告訴我那裡有什麼吧？」

『對您無害，請不用擔心。』

「意思是就算我待在紅點裡面也可以吧？」

『是的。』

「這話可是你說的，你不要騙我。」

布魯雖然隱約感覺到羅本在打其他算盤，但是他並沒有開口質問，只是盯著螢幕裡的人，稍稍蹙眉。

羅本停止對話，因為他可以感覺到身後有人。

正當他打算回頭確認狀況的時候，一顆子彈擊中他身旁的樹幹，接著就聽見急促的奔跑聲。

朝羅本開槍的是手受傷的傭兵，他因為自己再次打偏而火大，不快咂嘴。

傭兵們這次不打算放過羅本，而且他們非常有信心，這次絕對不會追丟，因為他們剛才就是沿著羅本留下的血跡追過來的。

奔跑的情況下很難穩定開槍，傭兵們也不著急，在人多勢眾的情況下，羅本即便再強也不可能贏過他們。

帶著十足的自信心與傲慢，他們窮追不捨。

羅本知道這些傢伙的心態，所以持續利用地形閃避傭兵們的視線，讓他們沒有辦法朝自己開槍。

透過護目鏡的輔助，羅本很快就發現紅點區。

他原本以為紅點只是個類似標記的東西，沒想到範圍比想像中大很多，眼下沒時間去找其他紅點，所以他果斷選擇衝進去。

紅點所在位置非常空曠，沒有樹幹跟岩石，羅本可以說是完全曝光在敵人的槍口面前。

原本在高空中跟隨他的金屬球立刻降下來，接近羅本身邊。

那些槍口再次瞄準羅本，由於這裡地勢平坦，手持衝鋒槍的傭兵能夠輕鬆舉起槍，邊跑邊射擊。

羅本雖然知道，但沒有辦法閃躲，因為這裡沒有任何遮蔽物。

噠噠噠！

一連發射好幾發子彈，光聽聲音都覺得不可能有人能在這種狀況下全身而退，當然羅本自己也不認為。

但是，他卻意外發現自己沒有中彈，不僅如此，那些射向他的子彈全部都安靜地躺在地上，周圍甚至沒有彈孔痕跡。

羅本愣在原地，不明白發生什麼事，就連開槍的傭兵們也被這個不可思議的情況嚇一大跳。

「什……這是怎麼回事？」

金屬球體上的線條顏色轉變為警告般的深紅色，靜靜地飄浮在羅本面前。

從球體內傳來人工ＡＩ的聲音。

『已抵達指定位置。』

『確認。』

『符合啟動條件。』

莫名其妙的句子，讓人一頭霧水。

羅本雖然不知道金屬球體打算做什麼，但可以肯定的是，絕對不是什麼好事。

他默不作聲站在金屬球後方，剛與傭兵對上視線，這群人才回過神，不去理會那顆奇怪的金屬球，再次朝他開槍。

噠噠噠！

碰碰！

不只是衝鋒槍，就持手槍的傭兵也扣下扳機。

然而就跟剛才一樣，這些子彈全都沒有碰觸到羅本。

金屬球的周圍就像是有面看不見的牆壁，把子彈全部擋下來的同時，也讓它們失去原有的威力。

無論他們開多少槍，也不過是浪費子彈的行為。

金屬球無視子彈，不過是冰冷金屬機器的它，在發出「嗶嗶」聲之後，不再說話。

槍聲中夾雜著金屬球的嗶嗶聲響，就像是在倒數，更像是在作出最後警告。

被槍聲掩蓋的金屬摩擦聲，從腳底傳來。

那些傭兵完全沒有聽見，反而還一步步接近，持續不斷開槍。

不知道為什麼，羅本總有種不祥的預感。他下意識後退，慢慢退出紅點範圍。

就在他離開後的瞬間，地面突然向上竄出樹根鐵矛，直接由下而上貫穿在紅點範圍中的四名傭兵。

金屬球雖然也在紅點區域內，但是並沒有受到任何影響，因為這些鐵矛約只有一百公尺左右長度，對於飄浮在半空中的它沒有半點威脅。

即便鐵矛不長，卻跟竹子一樣粗壯，垂直向上，直接貫穿傭兵們的雙腿與腹部。

速度快、貫穿威力強，能夠直接破壞人體，就算是只有半個人長度的鐵矛，也足以在一瞬間奪走人的性命。

就算上半身沒有受到傷害，但下半身幾乎已經殘破不堪、血肉模糊。

四名傭兵就像是人肉串燒，掛在鐵矛上面，沒有動靜。

樹林再次恢復原有的寧靜，只剩下羅本的喘息聲，以及恢復為原有藍光線條的金屬球，在結束任務後的確認音效。

『啟動完畢。』

『威脅排除，沒有異狀。』

金屬球體自顧自說完後，回到羅本身邊。

「搞什……」

『我說過，不會讓您有事的對吧？』

布魯透過通訊器，相當滿意地反問羅本。

羅本沒心情和他聊天，更不想給予稱讚。

「你這小子，有這種東西為什麼不早點拿出來讓我用？」

『要是讓他們知道有陷阱的話，他們就會事先預防。我可不想白白浪費陷阱。』

羅本可以理解，但心情還是充滿幹意。

確實，這些傭兵很聰明，從他們持有的武器來看，肯定也有能夠搜尋陷阱的儀器，如果他們知道有陷阱的話，即便把他們引誘過來，也不一定能成功。

在剷除兩組傭兵小隊後，羅本已經沒有力氣再去對付逗留在大樓內搜索的敵人。可能是知道羅本的狀況不太好，邱珩少透過耳機通訊器，向他下達指令。

『你可以回來了。』

「怎麼回去？那扇門只出不進，我又不可能冒風險闖入被大火吞噬的大樓。」

『不是叫你回到避難室，你只要跟著那顆金屬球走就好。』

「什麼意思？」

『你拖延的時間足夠讓我們準備撤退路線。』

「該死……這跟原本說的不一樣。」

邱珩少沒有回答，但是能聽見他那令人欠揍的笑聲。

羅本青筋浮出，卻沒有力氣反駁，只能選擇不理會。

他抬起頭看著那顆金屬球，拖著還在流血的手臂，從鐵矛旁邊繞過去。

在經過那些肉串模樣的屍體時，羅本注意到這些人左手臂上的臂章圖樣有點眼熟，礙於傷口疼痛加上流血的關係，他沒什麼力氣去思考。

「走吧。」

他對金屬球說。

金屬球像是能夠明白他的意思，配合他的步行速度，飛在前面帶路。

／

十分鐘的賭注，最終在布魯的失敗下結尾。

結束和羅本的通訊後，布魯皺眉看著揚起嘴角，藏不住笑意的邱珩少，心情非常糟糕。

「沒想到羅本先生真能獨自殲滅一組人馬。」

「我早就跟你說過他沒問題的。」

「……哈，真煩。早知道就不跟您打什麼賭。」

布魯甩甩手，當自己運氣不好。

可能是因為有兔子在的關係，他一直覺得身為狙擊手的羅本不可能獨挑大梁，沒想到他還滿有實力的，令他改觀。

雖然在面對另外一組傭兵小隊的時候，狀況不是很好，但為了不讓羅本出意外，布魯只能想辦法提供幫助。

幸好羅本理解能力好，願意接受他的指示，要不然他可能真的得回去跪算盤。

「羅本要是出事，左牧絕對不會善罷干休，這是你老闆最不願意見到的狀況。」邱珩少瞇起眼眸，慢慢將笑容收回，「對陳熙全忠心耿耿的你，絕對不可能做出不利於他的決定，萬一有危險狀況發生，你絕對會出手。」

布魯無法反駁，因為邱珩少說的是實話。

這個男人根本就沒有打算在十分鐘後出去找羅本，只不過是故意想要製造跟他打賭的陷阱，目的就是想要從他手中獲得一次「協助」的機會。

老實說，這個賭注並沒有讓他損失很重，所以他才會輕易點頭接受。

「就算不是因為老闆，我也會幫忙的。」

「我還以為你討厭他。」

「我沒有理由厭惡羅本先生。」

「……好吧。」邱珩少把頭轉回去，不再糾結這個問題。

但，他卻開口說出令布魯相當意外的話。

「那傢伙確實讓人討厭不起來。」

布魯很意外，因為邱珩少的眼神看起來對羅本並沒有那麼執著，也不像是想要得到他一樣，反而像是在觀察。

就像是觀察培養皿中的細胞，或是實驗成果的那種感覺。

難道邱珩少並不單單只是為了填補明碩不在的空缺，才特地把羅本帶過來的嗎？

無論是那種原因，都與他無關，只不過純粹為被邱珩少盯上的羅本感到可惜。

「大樓裡那組人似乎已經注意到另外兩個小隊被殲滅，正打算撤離的樣子……你打算怎麼做？」

「不用理會，會有人過來收拾善後的。」

邱珩少沒興趣地回答，態度跟語氣都和在討論羅本時完全相反。

布魯靜靜盯著轉身拿起單肩包，掛在右肩上的邱珩少，雙手插腰，長嘆一聲。

他知道是誰來負責收拾這個爛攤子，其實嚴格來說，這才是他們原本的計畫。

原先在安排這棟雙層樓研究所的時候，就已經有把撤退路線與可能遭遇的情況全部列入計算，主要出資者的陳熙全並沒有干涉，全都由邱珩少自行安排。

包括他在自己的研究室裡搞出的那個「定時炸彈」手法，以及避難室的設計、位置等，全都是邱珩少開口要求的。

布魯雖然沒有加入討論，但他是這棟大樓的設計者之一，對於它的構造和使用情況十分清楚，也因此避難室裡也有放置他的備用裝置。

不僅如此，大樓的主要系統也被設置在避難室內，一旦出現狀況，原先使用的主系統會立刻停用並格式化，同時避難室內的控制系統則會立即啟動，掌控所有權。

所以布魯才能在這麼短的時間內掌握入侵者的情報，並確認他們的人數與位置。

按照邱珩少原本規劃的撤離方案，在大樓受到損傷或入侵危害後，大樓內的主系統會在格式化前緊急向外求援，之後就會有人立刻過來支援並保護他們撤退到安全的地方去。

支援到達這裡所需要花費的時間，最快的話只需要十分鐘，正好就是邱珩少向羅本提出的時間要求。

在這段時間內，他們只要躲在避難室裡就不會有任何危險，就算想確認敵人身分，也可以透過監視器與衛星傳遞的畫面捕捉到這些人的面貌，一旦確認他們的長相，直接輸入資料庫裡，基本上就能確認那些傭兵的身分。

所以當布魯聽見邱珩少對羅本說出「有必要殺掉那些人」這句話的時候，他有些迷茫，因為根本沒有必要。

直到他發現這不過是邱珩少故意設下的陷阱。

「你在那邊慢吞吞地幹什麼？還不快點過來。」

布魯彎腰拿起手機，跟著已經開門出去的邱珩少。

他們同樣穿過下水道，但並沒有爬梯子，而是直直往前走，來到被鐵欄杆封住的死路為止。

布魯伸手輕輕撫摸下水道牆面，像是在找尋什麼一樣。

沒花多少時間，很快就找到切割成長方形的痕跡，它沿著四個邊散發出螢光，投射出數字鍵盤的影像。

布魯沒有輸入數字，而是隨便用食指按住其中一個按鍵。

數字鍵盤的影響很快就消失不見，旁邊的鐵欄杆也往下收起。

兩人走過去之後沒多久，鐵欄杆便重新升起，恢復原狀。

在陰影處有扇很難發現的密碼鎖門，一樣是由布魯輸入密碼打開門。

與充滿溼氣與發霉臭味的地下水道不同，這扇門通往的房間相當明亮、乾淨，雖然只有小小的七坪空間，卻給人相當舒適的安全感。

房間內有個通往樓上的階梯，沿著往上爬沒多久，就能來到大樓正後方的小型倉庫。

這裡平常只有放些不需要使用的物品，因為沒什麼人清理，累積不少灰塵，門也沒有上鎖，隨時都能進出，看起來就不是什麼需要注意的地方。

不管怎麼說，都絕對不會有人料想得到，這個地方竟然是避難室的出口之一。

兩人走出倉庫後，便看到幾輛黑色轎車已經停在那等候。

身穿黑色西裝，長相凶狠、身材高大的男人們，一瞬間就將兩人團團包圍。

邱珩少和布魯並沒有反抗，甚至擺出不在意這些男人的態度，直到他們看見車子旁有個男人正攙扶著滿身是血的羅本。

原本表現出不是很在意羅本死活的兩人，加快速度衝過去，同時從那個男人手中把人奪過來。

「媽的，昏過去了嗎。」邱珩少蹙緊眉頭，盯著羅本被子彈打中的手臂，「我要先幫他止血，把子彈拿出來。」

「可是邱珩少先生，老大要我們立刻把你帶到安全的地方去。」

邱珩少沒有理會，和布魯一起把羅本攙扶到其中一輛車的後座。

帶領羅本過來的金屬球回到布魯手中，被他放進口袋，接著兩人便開始替臉色蒼白的羅本緊急處理傷口。

無法拒絕的黑衣男人們，只能你看我、我看你，面面相覷，乖乖在旁邊等候，直到邱珩少治療結束前都不敢開口說話。

布魯在一旁看著邱珩少嚴肅的側臉，無奈嘆氣。

雖然邱珩少本人沒有自覺，但他似乎比想像中還要更在意羅本的死活。

合約四：真正的敵人

躺在床上的羅本正在困惑自己現在在什麼地方。

他記得自己跟著金屬球走沒多久後，就遇到一群黑衣人，因為不確定對方是敵是友，他原本想要舉槍反抗，沒想到左手臂已經使不出力氣。

連槍都沒有力氣拿的羅本，當時心裡只罵髒話，可是這些人卻像是知道他的身分，不但沒有攻擊，反而迅速過來攙扶他。

倚靠在別人的身上後，羅本才發現自己剩沒多少體力。

光這樣還大言不慚地跟邱珩少說要把那些傭兵解決掉，看來是跟兔子們混太久，讓他產生自己也變得很強大的錯覺。

跟那兩個變態等級的野獸相比，他果然只是個普通人。

在那之後他的記憶很模糊，不過隱約有聽見邱珩少說話的聲音，加上從金屬球沒有任何攻擊行為的狀況來看，他應該是順利抵達會合地點了。

羅本艱難地坐起身，這時他才發現左手臂在治療過後，被完美地包紮起來。

身體發熱、腦袋暈眩的感覺也緩和不少，看樣子他應該睡了很久。

被槍擊中的身體，能夠硬撐那麼久，連他都覺得自己很了不起，不過邱珩少肯定對他很失望，畢竟他沒有幫上什麼忙，反而還變成需要幫忙的對象。

羅本一邊想像邱珩少可能有的反應，以及那令人反感的鄙視眼神，慢慢走下床。

「嗯？怎麼覺得哪裡怪怪的……」

雙腳剛放在地上的羅本，正打算起身，卻覺得下半身有點涼颼颼的，便順勢低頭確認，這時他才發現自己全身上下只剩條四角褲。

羅本驚訝到說不出話來，冷汗直冒、臉色鐵青，急急忙忙尋找能穿的衣服。

邱珩少那混帳！竟然把他扒光扔在床上！

「你在那邊毛毛躁躁地幹什麼？」

「嚇啊啊啊！」

全神貫注找衣服穿的羅本，根本沒發現有人走進房間，迅速轉頭看著雙手環胸，倚靠在門旁邊盯著他看的邱珩少。

一見到這個男人，不滿的怨氣全部冒出來。

「邱珩少，你把我脫光是什麼意思？」

「你的衣服又臭又髒，當然要扔掉。」

「好歹也應該幫我穿件衣服吧！」

「我替你治療，還得幫你穿衣服？」邱珩少不快挑眉，「花錢僱用你的人是我，為什麼我要服侍你？」

羅本心死。

果然和邱珩少這個腦袋不正常的傢伙，沒辦法用正常的方式溝通。

「唉，算了，當我沒說……你別站在那當木頭人，至少拿件衣服給我穿。」羅本用指尖輕輕搓揉太陽穴，不忘提醒：「不用你幫我穿，我會自己動手。」

可想而知，邱珩少並沒有照做。

他快步走過來，站在羅本面前，直勾勾地盯著他看。

雖然羅本自己覺得身體沒什麼狀況，但看在邱珩少眼中，他卻像是面無血色，隨時都有可能昏倒的模樣。

當然，羅本不可能知道他心裡在想什麼，反而對他默不作聲貼近距離的行為感到壓力爆棚。

「你做什……」

「嗶嗶——」

才剛開口，邱珩少就突然從口袋裡拿出額溫槍，無預警地替他量體溫。

羅本頓了一下，眨眨眼，越來越覺得邱珩少的行為讓人無法理解。

「還有點低燒，不過看你的樣子應該沒什麼問題。」

「我如果還有發燒，絕對是被你這傢伙氣的。」

「中彈還能這麼快恢復，你的生命力果然比那些沒用的傢伙還好一點。」

「你根本沒在聽我說話對吧？」

「為什麼要？」邱珩少瞇起眼，把額溫槍放在桌上後，脫下自己的白色長袍，扔到羅本手中，「先暫時穿這個，去幫你買衣服的傢伙還沒回來。」

羅本雖然還想抱怨，但有總比沒有好。

只是穿著白色長袍和四角褲的他，看起來真的跟變態沒什麼不同。

忍住羞恥心將邱珩少的白色長袍穿上後，羅本跟著邱珩少離開房間。

來到客廳後他才發現，原來他們住在非常高的樓層，從落地窗能夠俯瞰整座城市的風景，相當漂亮。

看樣子他們已經離開那個鳥不生蛋的地方，轉移到都市了。

站在落地窗前的羅本，仔細觀察建築物與人們的模樣，但光靠這些沒辦法立刻判斷出自己現在在什麼地方。

邱珩少看到羅本站在落地窗前發呆，嘆了口氣，端起盤子走近。

「能吃東西嗎？」

「……可以。」

羅本從盤子裡拿起奶油麵包，塞進嘴裡咀嚼。

看他毫不猶豫就吃他端來的食物，邱珩少垂下眼眸。

「你看起來真不像是剛經歷過槍林彈雨的樣子。」

「我好歹也是個上過戰場的職業軍人，恢復力和調適能力遠比你這種普通人來得好。」

「普通人？」邱珩少眨眨眼，少見地露出驚訝的表情，「我還是第一次聽到有人說我普通。」

「確實，真要說的話你跟這兩個字完全無法畫上等號，但就算這樣，對我來說你跟其他人也沒什麼不同。」

「這是稱讚的意思？」邱珩少瞇眼，「你明知道我在耍你玩，為什麼還能這麼正常地和我交談？」

「難不成你希望我醒來後直接朝你臉上來一拳？」

看著邱珩少不耐煩咂嘴的模樣，羅本也只能無奈地搔搔頭髮。

「反正這段時間我都會聽你的命令，畢竟你是雇主。傭兵在雇傭期間內本來就不該對雇主下達的指示存有遲疑或抗拒行為，當然，如果真有危險或是做不到的情況，我還是會拒絕的，但是被利用什麼的，對我來說不是什麼會影響心情的大問題。」

「聽起來你不是第一次遇到。」

「哈，當傭兵可沒想像中輕鬆。再說，要遇到善良的委託人簡直比登天還難。」

「看來我對你來說不是個善良的委託人。」

「別笑死我了。」羅本拿起第二個奶油麵包，邊吃邊說：「你跟我遇過的那些委託人完全不同，真要說的話，我覺得你和左牧反而有些類似的地方。」

「……什麼？」意料之外的回答，讓邱珩少微微睜大雙眼，目不轉睛地盯著羅本咀嚼食物的側臉，充滿好奇。

羅本故意裝作沒發現他的視線，不打算解釋。

就算他知道邱玠少的眼神已經從訝異慢慢轉變為執著的怒火，也沒有改變想法。

當他吃完後，正想拿第三個奶油麵包時，邱玠少突然把端著盤子的手往後縮，故意讓他的手撲空。

「你不是特地端來給我吃的嗎？」

「既然知道，就該好好說話。」邱玠少皺眉瞪著他，「以後不許再說我跟左牧相似這種話，我不是他。」

接著，邱玠少便把盤子放在桌上，獨自轉身走進其他房間，把一臉茫然的羅本留在原地。

他走到盤子前，彎腰拿起奶油麵包，滿頭問號地反思。

剛才他有說錯什麼話嗎？為什麼總覺得邱玠少好像生氣了？

／

留給羅本恢復的時間並沒有很長，在他醒來後隔天，布魯便帶著平板和金屬球來到房間，向邱玠少報告入侵者的相關情報。

羅本明明有和布魯對上視線，卻不知道為什麼被無視。

因為感覺有些尷尬，羅本也就沒有太過在意，反正他只是受雇於邱玠少的傭兵，不需要跟著聽取報告，沒必要的情況下也不必和布魯交談。

在他看見邱珩少和布魯走進其他房間後，便打算回自己的房間休息，沒想到邱珩少卻突然停下腳步，一臉不爽地轉頭質問：「喂，你是打算跑去哪？」

羅本眨眨眼，脖子上還掛著用來擦汗的毛巾。

他指著自己的房間回答：「回房間做幾個伏地挺身之類的？」

「你是想讓傷口裂開嗎。」

「不用擔心，我只用右手。」

「既然你那麼閒，也不是急著要去廁所拉肚子，就過來這裡。」

「……啊？為什麼？」

羅本下意識提問，回過神來後才發現自己把想到的話直接說出口，急忙摀住。

他膽怯地抬起眼，果然看到邱珩少正在用像要噴火的雙眼盯著他看。

無可奈何的他，也只能放棄，乖乖跟著他走。

在羅本跟邱珩少進房間後，已經在裡面等候的布魯正無聊地滑平板，那顆熟悉的金屬球也在他的腦袋瓜周圍飛來飛去，和惱人的蒼蠅差不多。

邱珩少再次對羅本棄置不管，獨自走到單人沙發坐下。

「開始進行報告。」

「是。」

布魯將平板連接螢幕，研究大樓的地圖瞬間出現在他們眼前，不僅如此，還有入侵者的大頭照以及個人資料。

當布魯開始針對那起攻擊事件開始進行報告時，興致缺缺、靠牆壁站著的羅本已經開始在打哈欠，思緒不知道神遊到哪裡去，直到他從資料裡面看見熟悉的圖樣。

因為受傷的關係，差點忘記這件事，這才慢半拍想起自己曾在哪見過這個臂章。

「嘖……是『黑色懸日』。」

布魯和邱珩少同時轉過頭，將目光集中在羅本身上。

意識到自己脫口而出的羅本，尷尬地嘆氣。

「你們幹嘛那麼驚訝？我好歹也曾經是個職業軍人。」

「看來你不僅僅只是知道那些傢伙的身分而已。」邱珩少雙手環胸，眼神冰冷，「你知道什麼？」

見布魯沒打算幫他解釋，羅本也只能妥協回答：「我當軍人的時候，攻擊過他們的基地。那個組織裡全是訓練有素、非常危險的傢伙，而且大多都是被通緝的危險分子，只要錢給得夠多，不管是什麼樣的工作都願意接。」

「羅本先生，您對他們了解多少？」

「足夠明白他們為什麼會出現在那。」

「黑色懸日」組織有點類似於被通緝、拋棄，或是沒辦法用正常方式賺取收入，只能走旁門歪道的人們湊成的團隊，他們沒有所謂的首領，但是有一名負責提供委託情報的中間人。

中間人的身分相當神祕，就連羅本還是職業軍人的時候，軍方也沒有找出來。

不過，這並不影響他們的圍剿行動。

「他們全是只管錢不管事的現實派，按照你剛才提供的資料來看，他們應該是接受了洪芊雪的委託。」

在布魯回報的資料當中，已經確定派這些人來的是跟洪芊雪有關係的生物科技公司，同時那間公司也是竊走邱珩少的研究，將他扔進全是危險犯人的孤島上的罪魁禍首。

雖然生物科技公司也很可疑，但洪芊雪知道邱珩少十分憎恨她，所以也有可能是她另外雇用傭兵來偷襲。

羅本能夠明白洪芊雪為什麼這麼做，不過他並不認為委託黑色懸日的人是她。

洪芊雪曾在絕望樂園幫助過邱珩少，為什麼會突然委託傭兵來追殺他，總覺得不太符合常理。

「你是覺得布魯的報告哪裡有問題嗎？」

邱珩少盯著羅本看，觀察入微的他，就像是能看穿羅本腦袋裡在想什麼。

過去羅本覺得他看自己的眼神，像是在看實驗室的小白鼠，但現在卻變得跟之前不同，那不是觀察他的眼神，而是在跟他確認。

也許是他想太多，但他總覺得邱珩少好像在徵求他的意見。

於是他嘗試性地回答：「沒有，我只是覺得委託黑色懸日的應該不是洪芊雪。」

「呵……你什麼時候變得那麼瞭解那女人了？」

這句話裡夾帶著些許怒火，眼神甚至變得比剛才還要冰冷。

羅本無奈之下，只能先想辦法解除誤會。

「你還記得她曾在絕望樂園幫助過我們的事嗎？如果說她想要你的命，或是阻止你研究，那麼就沒必要幫你。」

他的解釋很快就被邱珩少接受，心情也稍微好轉。

「你說得沒錯。」邱珩少撇開視線，將手放在貼在下巴上思考，「所以是生物科技公司那邊嗎？不過那些傢伙應該沒有這方面的門路才對……」

一般的生物科技公司，不可能知道黑色懸日這種隱藏在非法地帶的危險組織，而身為軍火商的洪芊雪還比較有可能，所以他們剛開始才會沒有往這個可能性去思考。

但，也不能否定羅本說的話很有道理。

「剩下的那傭兵小隊有被抓到嗎？」

羅本轉而向布魯確認這件事。

布魯看了邱珩少一眼後，如實回答：「全部清除掉了。」

顧名思義，是把那些人全部殺死了吧。

羅本很輕易就能解讀出這句話的意思，看來在昏過去之前見到的那群黑衣人，應該就是他們準備好的撤退方案，怪不得這兩人的態度如此淡定。

雖然有點好奇那些人是誰，不過那並不是現在最優先得處理的問題。

「你覺得我應該相信那女人是無辜的？」

邱珩少突然開口詢問羅本，這舉動反而把布魯和羅本同時嚇一跳。

這個自視甚高的男人，竟然在尋求別人的意見？

他們沒聽錯吧？還是說邱珩少今天吃錯藥？

「你們兩個為什麼擺出那種表情？」

「呃……」

羅本和布魯你看我、我看你，表情十分尷尬。

「誰叫你做這種反常的事。」羅本嘆口氣後回答：「確實，我覺得洪芊雪跟這起攻擊事件沒關係，反而是生物科技公司那邊嫌疑比較大。」

「哈，那些傢伙膽子還真大。難道真不怕我直接朝他們的空調系統投毒？」

邱珩少字字句句都像是要把那間公司炸掉，能夠感覺得出來他有多不爽。

羅本雖然也覺得應該是生物科技公司下的手，那間公司和主辦單位有交易關係，應該也會有其他門路找上黑色懸日。

「他們知道你還活著，而且在進行其他新的研究，所以想像過去那樣來竊取資料吧。」

羅本猜測道：「可能是覺得讓你繼續活著太危險，這次才會用更激進的手段來除掉你。」

「這倒挺像是那些傢伙會做的事。」邱珩少向後靠在椅背上，雙手環胸，陷入思考，「他們肯定覺得我沒在那座島上死掉很可惜吧，真是群沒智商，螻蟻不如的混帳東西。」

「所以，你打算怎麼做？」

「……什麼意思？」

「他們一定已經知道偷襲失敗的消息，畢竟黑色懸日效率很高，肯定已經將傭兵小隊全滅的事情回報，如果他們真想要你的命，那就不會善罷干休。」

「哼……他們還真是沒把老闆放在眼裡。」布魯的語氣裡充滿憤怒，但並不是因為眼前的狀況，而是對方竟然無視邱珩少是陳熙全的保護對象，肆意攻擊的事。

看這兩人大相徑庭，完全在想不同的事，身為第三者的羅本只想回房間睡覺。

「總之，再來就看你怎麼決定。」羅本朝邱珩少攤手道：「雖然我左手臂受傷，但不影響我的狙擊能力，如果你想要我去把那間公司的老闆殺掉，倒是沒什麼問題。」

邱珩少沉默不語，抬頭看了羅本一眼後，又很快地撇開視線。

不知道他到底在想什麼的羅本，尷尬地站在原位。

「你慢慢思考吧。」羅本把手收回，搔搔頭髮，「沒其他事的話，我就先回自己房間去了，等你決定好要怎麼做再叫我。」

剛開始羅本還以為會被邱珩少阻止，但直到他出去把門關起來為止，邱珩少都沒有任何反應。

羅本滿頭問號，心裡有點忐忑不安，不過躺床不到三十秒就睡著的他，很快就把這件事情拋到腦後。

直到三天後從邱珩少口中聽見讓他震驚的命令，他才明白為什麼會有那種感覺。

「你、你說什麼？」

「我要直接進去。」

羅本知道邱珩少從不開玩笑，所以很清楚他是認真的。

「你認真？」試圖阻止邱珩少亂來的羅本，冷汗直冒，「你想死嗎？說什麼要直接從大門走進去……」

「難道你覺得偷偷摸摸溜進去有比較好？」

「真要我說的話，我並不希望你自投羅網。」

「誰說我要自投羅網？他們不敢光明正大對我出手，畢竟那些傢伙很看重公司形象。」邱珩少穿好衣服，斜眼睨視羅本，「當然，身為保鑣的你也得跟我一起去。」

這段時間裡，布魯重新掌握生物科技公司的情報，並證實了羅本當時的猜忌是正確的。黑色懸日交易的對象，確實是那間公司，而不是洪芊雪。

同時，布魯也得到非常重要的新情報。

「你明知道黑色懸日跟那間公司的契約還沒結束，只帶我一個人是不夠的。」羅本攤手道：「好歹把之前那群穿黑色西裝的傢伙們全帶上。」

邱珩少挑眉問：「你覺得我如果帶著那些傢伙，從公司大門走進去，會引發什麼樣的後果？」

羅本稍微想像一下畫面，確實，看上去可能會像是黑道老大帶著小弟們來踢館的樣子，但不管怎麼說，總比邱珩少曝露在槍口下來得安全。

見到羅本的反應，邱珩少知道他已經理解自己的意思，便沒有繼續說下去。

他彎腰提起裝著狙擊槍的長方形背包，強行扔進羅本懷中，羅本沒想到他會突然把包包塞過來，手的反應速度有點慢，但還是穩穩接住。

邱珩少的視線掃過羅本的左手臂傷口位置，蹙眉道：「你的傷不是好很多了嗎？動作怎麼看起來還有點遲鈍。」

「才幾天時間，哪可能這麼快好起來？又不是擦挫傷。」

「你之前不是還信誓旦旦跟我說自己能開槍？」

「扣扳機又不需要花什麼力氣。」

羅本嘆口氣，實在不懂邱珩少究竟把他當成什麼人。

他不過是比其他人更習慣槍傷，就算他看起來很有精神，也不代表傷口已經痊癒。

身為職業軍人，帶傷上戰場是很普通的事，如果想要在槍林彈雨中活下來，就只能想辦法不要讓自己受到致命傷，即便受傷，也得咬牙撐下來。

久而久之，羅本也就漸漸習慣這些傷口，甚至也明白在受傷的情況下要怎麼進行攻擊，想辦法保住小命。

但，那是在他只有一個人的情況下。

戰場上不需要去保護其他人，身為軍人的他們，目標只有一個，那就是執行命令、殲滅敵人，可是現在邱珩少需要的是保護他的人，而不是忠實於命令的軍人。

羅本知道自己不是個當保鑣的料，不僅僅是因為他不擅長近戰，還有其他原因——不管發生什麼事，他都會優先考慮活下去的方式，而不是保護他人。

雖然現在的他有這種想法感覺很可笑，但他知道自己並沒有改變。

狙擊手不需要太過顯眼，也不需要同伴。

因為他只不過是個從戰場上苟延殘喘活下來的「幽靈」。

「喂，你在想什麼？」

邱珩少的聲音，喚回羅本的注意力。

他抬起頭看著和他搭話的邱珩少，從那雙沒有任何溫度的眼眸裡，感受不到任何關心與擔憂。很顯然地，邱珩少單純只是提問，沒有任何想法。

羅本搖頭問：「沒什麼……所以呢？你打算怎麼做。」

「不用太擔心，我並不打算給他們攻擊的機會，你也只要做做樣子站在我旁邊就好。」

「我又沒有威嚇他人的作用。」

「不需要。」邱珩少勾起嘴角冷笑，「無論是進去裡面還是離開，我都會挑人多的地方，之後會直接跟在三個街口外的人會合，所以不會有什麼危險的。」

羅本無話可說，但他已經放棄說服邱珩少改變主意了。

他頭痛萬分地按摩太陽穴，把裝著狙擊槍的長方形背包扛在右肩上。

「意思是你想要利用其他人來確保自身的安危對吧？」

「對，所以應該也不會有需要你出手的機會。」

「我明白你在想什麼。」羅本垮下臉來，小心翼翼問：「你……該不會真打算去公司投毒？」

邱珩少雖然是個普通人，但卻是個瘋子。

漠視他人生命的邱珩少，無論是經由他人之手或是自己的雙手，奪人性命這種事對他來說根本不算什麼。

就算這麼做會把無辜的人捲進來，他也不會有任何心虛或是後悔的想法。

「我不是殺人魔。」邱珩少義正嚴詞地說：「我是想親自過去弄清楚他們又想從我手中奪走什麼東西。」

「他們都派人來殺你了，你幹嘛還特地跑過去問這種事？」

「當然是要在他們面前把那個研究毀掉。」

邱珩少勾起嘴角，笑起來陰森可怕，完全就像是電影裡面會出現的反派角色。

羅本很不想這麼說，但現在他真的有種邱珩少才是壞人的錯覺。

「你不是很重視自己的研究？這樣好嗎？」

「嗯——」邱珩少輕輕用手指敲打臉頰，「你知道嗎？我的敵人很多。」

「我當然知道。」

「想要我研究的人多到數不清，畢竟這世上沒人比我聰明。」

「呃……所以你想說什麼？」

「就算我毀掉自己的研究，也不代表我就做不出同樣的東西。」他指著自己的腦袋瓜，自信滿滿地說：「因為我所有的研究都在這裡，就算毀掉研究資料，我也能重新做出來。」

羅本內心沒有任何起伏，面無表情看著這個炫耀自己有多麼聰明的男人。

他下意識用敷衍的口氣回答邱珩少，不過幸好在說出口之前即時阻止自己，否則他漠不關心的態度很有可能會惹這個男人不爽。

沒想到他竟然會開始懷念兩隻兔子為了晚餐要吃什麼而爭吵、甚至差點把家裡所有家具毀掉的日常生活。

不管怎麼說，和兩隻危險的兔子一起住，也總好過跟邱珩少獨處。

「……好想回家。」

「你說什麼？」

「不，沒什麼。」

羅本背好裝著狙擊槍的包包，拿起放在鞋櫃上的車鑰匙。

「既然你已經決定要這樣做，那我就會配合你。」

「呵，你果然是個不錯的保鑣。」

邱珩少嘴角上揚，瞇起眼眸微微一笑。

他的眼光果然沒錯。

／

邱珩少曾經任職過的生物科技公司，是規模橫跨全球、相當知名的國際企業——「奧斯」，這間公司除了研發各類藥品、細胞研究等，同時也有研究生化武器，以及將生物與科技作為結合的特殊研究等等。

他們會邀請各領域人才，以優渥的薪水、福利，與支持他們的研究為由，將人納為己用，可以說是天才聚集之地。

十幾歲便取得碩士學位，在多個研究領域嶄露頭角的邱珩少，也是他們盯上的目標之一，為了搶在其他公司之前得到邱珩少這個少見的天才，奧斯向他開出前所未有的優渥條件，才終於把這個個性難搞的男人弄到手。

然而他們卻沒料到邱珩少的天資，遠超出他們的想像，透過他的雙手製造出來的東西相當致命、危險，奧斯高層知道這個男人的可怕性，很有可能會對公司的未來造成威脅，於是便打算把他暗中「處理」掉。

於是他們和洪芊雪聯手，設計、陷害邱珩少，並奪走他當時正在進行的研究，占為己用。

奧斯對外宣稱邱珩少私自盜用公司內部其他研究人員的研究資料，在他身上印下「犯罪者」的標籤，隨即將他投入到主辦單位為了娛樂而舉辦的殺戮孤島。

一開始奧斯認為應該要立刻將邱珩少暗殺，以絕後患，但深知他作為玩家能夠取得更多利益的主辦單位，卻與奧斯進行交易，「買」走這個男人的處決權利。

邱珩少被帶到島上，成為「玩家」，進行那不受法律控管，沒有人權的殺戮遊戲。

如主辦單位預期，邱珩少為他們的娛樂帶來更大的利益與娛樂性，會員們相當喜歡這名不把人性放在眼裡、在那座島建立起自己勢力的邱珩少。

於是，邱珩少成為那座島的惡魔玩家，但也是罪犯們追崇的對象。

下去。

「玩家」畏懼邱珩少的存在，「罪犯」渴望能夠成為邱珩少的棋子，依賴惡魔的力量活下去。

當時羅本也是因為這樣，才會選擇留在邱珩少的陣營，只不過那裡的氛圍真的很不適合他，於是才會離開。

他只不過待幾個月時間而已，原以為邱珩少不可能記得存在感超低的他，可是在和邱珩少實際相處的時間裡，羅本漸漸意識到這個想法是錯的。

邱珩少很明顯記得他。

這個聰明、狡詐的男人，並沒有忘記這個曾短暫停留在他身旁的狙擊手。

與邱珩少來到奧斯公司本部大樓門口的羅本，心裡仍忐忑不安。

一走進去，他就可以明顯感受到從四周圍集中過來的目光以及竊竊私語。

「用不著在意其他人，你只要把注意力放在我身上就好。」

邱珩少不理會那些聲音，以桀傲不遜的姿態往通往公司內部電梯的方向走過去。

理所當然，他們被負責看守門口的警衛攔截，這些人與大樓內其他員工的態度不同，將邱珩少視為必須排除的對象，一大群人突然圍上來，堵住他們的路，不讓他們繼續往前進。

邱珩少瞇起眼，與和他同身高的警衛對上眼。

「滾。」

冰冷低沉的聲音，感受不到任何情緒起伏。

邱珩少並不是在對他發怒，而是在下達命令。

想當然，這些人不可能乖乖聽從，他們知道沒辦法說服邱珩少離開，但也不可能在眾目睽睽之下將人趕走。

「看樣子你們知道我的新資助人是誰。」

警衛們你看我、我看你，沒人敢回答。

原先邱珩少是作為罪犯身分而被限制行動，可是從島上活下來並順利逃出的他，在陳熙全的協助下已經不再是個犯人，這些人自然也沒有強行將他趕出去的理由。

「不想惹火我的話，就給我滾。」邱珩少皺緊眉頭，這回，他的語氣充滿威脅。

警衛們有些不知所措，直到剛才和邱珩少對視的警衛透過通訊耳機，接獲高層的命令後，才勉為其難地朝其他人招手示意。

警衛們紛紛撤退到兩側，讓兩人通行，而那名下達指示的警衛則是走在前面。

「跟我來。」

看樣子邱珩少的方式十分有效果，成功讓公司高層願意見他。

邱珩少雙手插在口袋裡，面無表情跟在對方身後，羅本則是邊冒冷汗邊觀察周圍，直到進入通往頂樓的電梯。

帶頭的警衛並沒有進入電梯，而是用他的卡片感應電梯內部的啟動鎖，之後便退出去外面，頭也不回地離開。

電梯門關閉並向上升的這段時間，羅本才終於有機會開口和邱珩少說話。

「沒想到他們這麼乾脆？」

「是怕我到處亂走，趁機搞破壞吧。」

「聽起來很像是你會做的事。」

「……哈，不用擔心，反正那些傢伙也沒打算跟我見面。」

羅本頓了下，還沒反應過來，就突然感覺到向上升的電梯停止不動。

樓層顯示不出數字，用來投射廣告電子看板也變成藍色畫面，電梯系統就像是被人控制一樣，動也不動，只剩下通風系統與燈光還在正常運作。

羅本不明白現在是什麼情況，當他轉頭看向邱珩少的時候，發現他很冷靜，就像是早料到會發生這種狀況，不為所動。

「我們現在是被困住了嗎？」

「噗呵——」聽到羅本的問題，邱珩少沒有回答，而是忍不住笑出來。

他一邊笑一邊看向只剩藍色畫面的螢幕，簡直像是精神狀況不正常的人。

羅本下意識往後退兩步，站在角落。

比起被困住的狀況，他覺得待在邱珩少身旁反而更可怕。

「哈哈哈，那些傢伙真是……雖然我知道他們肯定不想見到我，但我沒想到他們竟然會用這麼讓人無語的方式把我困住。」

「你居然還笑得出來。」

「是你不會想笑嗎？」邱珩少把用來遮住笑容的手慢慢放下來，眼眸閃爍著厲光，「那些膽小鬼……怕我到怕這種地步，竟然還狂妄地想要把我處理掉，光想像就讓人覺得愚蠢到忍不住笑出來。」

羅本完全不懂，他只想早點離開這裡。

他真的真的不想再和邱珩少獨處下去了，來人，快放他出去！

「你知道你現在看起來有多像壞人嗎？」

「我怎麼了？」邱珩少迅速收起笑容，轉頭看著羅本。

羅本聳肩，不再說話。

突然間，藍色螢幕裡突然傳出雜訊聲，幾秒鐘過後，便有個男人的聲音從裡面傳出來。

『……好久不見，邱珩少先生。』

「啊啊，萊克？」邱珩少面無表情，但表情明顯比之前還要不爽，「真沒想到你會主動跟我說話，我還以為是董事會那群臭老頭。」

雖然看不見對方的臉，無法確認這個人現在是什麼樣的表情，但羅本可以從聲音聽出來，這個男人十分不爽。

『你來做什麼？』

「打招呼？」邱珩少故意擺出思考的態度，笑道：「不過你應該不會相信這種鬼話對吧？畢竟你都雇傭兵來殺我了。這次你又想從我手中奪走什麼研究？」

『邱珩少先生，你要為自己說的話負責。』

「那你能為自己做的事情負責嗎？」

『當……』

「所以你不想要我最近研究的細胞改造研究？」

邱珩少從口袋裡拿出一個隨身碟，故意放在電梯監視器前面輕輕晃動。

他知道對方正透過監視器畫面看著他們兩個人，所以才會故意這樣做。

果不其然，對方在看到隨身碟之後，語氣變得更加冰冷。

『……』

「你不就是為了這個東西，才攻擊我的研究大樓？甚至無視陳熙全的警告。」邱珩少將隨身碟緊緊握在手掌心，沉聲道：「就算你們能奪走我的研究，但是絕對找不到能夠繼承我的研究，做出最完美成品的人。」

『……如果你早就知道我們想要活捉你，為什麼還要自投羅網？』

「因為你們不會成功。」

『真遺憾。』男人說出這三個字的同時，羅本聽見電梯上方傳出金屬摩擦的聲響，接著他聽見幾個人落在電梯頂端的聲音。

在電梯頂蓋被人踹飛的瞬間，男人冷冰冰地說：『無所謂了，反正只要把你抓起來，不管你有什麼目的都沒關係。』

邱珩少和羅本同時抬頭，看見幾名裝備齊全的傭兵正把槍口對準裡面。

羅本下意識咂嘴，踏著電梯內的扶手撐起身體，往上方一蹬，徒手抓住那把對準邱珩少腿部的手槍槍管，並順勢將人往下拉。

傭兵摔進電梯裡，還沒來得及發出聲音，就被邱珩少用力踩住喉嚨。

他不知道什麼時候撿起這名傭兵掉落在旁邊的手槍，瞄準對方無防備的大腿內側，扣下扳機。

碰！

子彈貫穿這名傭兵的大腿，大量鮮血與男人低沉沙啞的慘叫，迴盪在電梯內。

電梯上方的其他傭兵原本因為要活捉邱珩少的命令，而不敢輕舉妄動，這一槍立刻讓他們往兩側退開，遠離被踹開的方形逃生口。

然而，才剛退後沒幾秒，羅本便從裡面爬出來。

他知道這些傭兵不敢隨便使用武器，萬一失誤，他們就會連同電梯一起墜落。

但羅本並不在乎。

他往其中一個傭兵衝過去，在對方反應過來之前，用手肘重擊對方的喉嚨，趁人不穩、差點昏厥的時候，從他的槍套裡奪走手槍。

旁邊還有兩名傭兵，他們看到隊員被攻擊，便衝過來想要抓住羅本，可是已經太遲了。

持手槍的羅本迅速往兩人的大腿開槍，子彈準確無誤命中，成功讓這兩人跪地不起，接著他再抬起腿狠狠踹對方的腦袋，直接讓他們昏厥過去。

將手槍插在腰後，羅本跳回電梯內部，拍拍手上的灰塵，重新將被他扔在地板的包包扛起來。

邱珩少接著開槍把監視器打爛後，對藍色螢幕裡的人說：「別搞這些小動作，直接見個面不好嗎？還是說你怕我殺了你？」

螢幕只剩沙沙聲響，沒有任何回應。

羅本在意識到不對勁之後，急忙對邱珩少說：「喂！快過來！」

「什麼？」

「別問那麼多，跟我往上爬就是了！」

羅本重新揹著包包往上爬出去，隨即轉身伸手把邱珩少從裡面拉出來。

幾秒鐘過後，他們就聽見電梯門打開的聲音。

大量子彈直接掃射電梯內部，也不管裡面的人是誰，像是要把整個電梯打成蜂窩一樣。

邱珩少見狀，皺緊眉頭，從口袋裡拿出金屬球。

羅本見到那顆眼熟的金屬球，沒說什麼，沉默不語看著它啟動電源後，從邱珩少的手掌心飄起來。

「布魯，把門打開。」

『收到。』

金屬球飛到頭頂上的電梯門，發出嗶嗶聲響後，那扇緊閉的門便輕鬆開啟。

羅本和邱珩少互看一眼，便從電梯門爬出去，與此同時底下的人也已經發現他們不在電梯裡，急忙衝進來。

「人呢！」

「快找，絕對要把他們找出來！」

聽著傭兵們著急催促的聲音後，高層的電梯門便再次關閉。

不得不承認這棟大樓隔音設備還不錯，電梯門關閉就聽不見那些傭兵的叫囂聲。

好不容易從槍口活下來的羅本，真想咒罵一直跟他說不會發生什麼事的邱珩少，但他卻發現邱珩少沉著臉，直勾勾地盯著前方，完全不理會他。

羅本好奇地順著他的視線看過去，才發現這層樓沒有半個人，只能聽見機器運作的聲音。

「這裡又是什麼鬼地方？」

羅本皺眉問，沒想到這次邱珩少竟然開口回答了。

「是我以前的研究室……媽的，真讓人不爽。」

邱珩少嘆口氣，不悅砸嘴。

明明應該是很熟悉的地方，不知道為什麼邱珩少卻一副像是要把這裡毀掉一樣，心情非常不好。

「哈啊……好想把這地方炸掉。」

「住手吧你這笨蛋，別再讓事情變得更糟糕了。」

果然他的直覺沒錯，早知道就該把邱珩少打暈，阻止他跑到這個地方來。

這樣的話，他現在至少還能舒舒服服待在高級套房裡享用客房服務，用不著在這邊躲子彈。

「喂，你來這裡到底是想幹嘛？」

「確認幾件事。」邱珩少環顧四周圍，慢慢往裡面走。

羅本見他又把話說一半，也只能頭疼萬分地嘆氣。

他倒想看看，邱珩少不顧自身安全都想確認的，究竟是什麼事。

「你不是說他們不會殺你嗎？剛才底下那群傭兵可不像是會手下留情的樣子。」

在和邱珩少走在安靜到只剩下機器聲與腳步聲響的走廊上時，羅本正在思考剛才在電梯裡發生的事。

邱珩少並不是很在意，心不在焉地回答：「這就表示比起我的研究，他們更想要我的命，大概是想試試看能不能活捉我吧，如果不行，就算殺了我也無所謂。」

「真搞不懂奧斯的目的。」

「你不用浪費時間去想那些，倒是剛才的傭兵……你有看清楚嗎？」

羅本雙手環胸，輕聲嘆氣，「看到了。」

雖然視線昏暗，可是羅本確實看見那些傭兵袖子上的臂章圖樣，這也表示他們的猜測是正確的，黑色懸日真正的委託人就是奧斯。

就算確定這件事，但對他們現在的危險狀況沒有任何幫助，他們的性命仍受到威脅，只不過對象換了個人。

「剛才你拿在手上的隨身碟裡面真的有資料嗎？」

「當然有。」邱珩少轉頭揪他一眼，「你以為我會拿空的隨身碟耍人？」

「嗯，這很像你會做的事。」

「用不著擔心，就算奧斯拿到也不見得能成功研發出來。」邱珩少邊說邊勾起嘴角冷笑，「畢竟他們還得浪費時間解密。」

看樣子邱珩少早就已經安排妥當，根本不需要他擔心。

羅本搔搔臉頰，安靜地跟著邱珩少繼續前進。

邱珩少相當熟悉這層樓的構造，不過他轉來兜去，與其說是閒晃，倒不如像是在找東西的樣子。

這裡每扇研究室的門都上鎖，電子鎖呈現紅光，無法開啟。

但這點阻礙對邱珩少來說，完全不是問題。

他停在某扇門前，勾勾手指向飄浮在他腦袋瓜旁邊的金屬球示意。

金屬球接到他的暗示，便飄到電子鎖前面，以掃描光線從上而下照射電子門鎖。

「嗶嗶」兩聲，電子鎖由紅轉綠，成功開啟。

邱珩少二話不說便走進去，羅本雖然慢半拍才反應過來，但還是跟著他。

坦白說，他還是想不透，總覺得自己好像遺漏了某個重要情報。

羅本懸著一顆警戒的心，持續留意周圍，在邱珩少忙著打開電腦搜索資料的時候，重新將現在的情況整理清楚。

首先可以確定黑色懸日的委託人是奧斯生物科技公司，雖然襲擊失敗，但邱珩少還是決定正大光明走進公司，接著他們就被引導至電梯，並在這裡受到偷襲。

真的很奇怪。

奧斯的公司大樓雖然不在市區，周圍空曠、不受其他人打擾，奧斯也都不該直接派傭兵攻擊他們，甚至不顧形象危險，在大樓人員沒有撤退的前提下，允許他們使用槍枝攻擊。

即便這棟大樓裡都是奧斯的員工，但在這種情況下選擇攻擊他們，並不是屬於深思熟慮過後的行為，因為大樓內還設有各種研究室，裡面放置的化學物品，可是比任何炸彈都要來得危險，萬一不小心有什麼閃失，就會賠上所有人的命。

十分湊巧的是，電梯停止的樓層上方就是邱珩少曾使用過的研究室。

奧斯彷佛知道邱珩少的目的，故意這樣安排似的，而從邱珩少的反應來看，肯定早就已經察覺到這點。即便如此，邱珩少還是選擇冒風險踏入陷阱，甚至擺出不在乎的態度。

看在羅本眼中，這並不讓人意外。

要是邱珩少有所顧慮，就不會自信滿滿地直接從大門闖入奧斯了。

「……呵，果然。」

盯著螢幕上顯示出的研究資料，邱珩少的嘴角抹上一層詭譎的笑意。

他冷冰冰的看著文字數據，語氣越來越不耐煩。

羅本並沒有開口問他發生什麼事，因為從他的臉色可以看得出來，他所發現的情報絕對不是什麼好消息。

「喂，你還記得以前被主辦單位使用在遊戲裡的那些怪物嗎？」

「你是說被改造細胞的那些人型怪物？」

「那些傢伙所使用的注射藥物，就是我的研究，也是奧斯從我手中奪走的研究之一。當時這個研究並沒有完全結束，但我提給公司內部的資料報告看起來已經可以成功研發，那些該死的小偷看過後，就決定霸占它。」

邱珩少瞇起眼，聲音也變得越來越沙啞、低沉。

「那些愚蠢的小丑根本沒有意識到，這項研究還存在重大缺陷，自以為是地認為光憑藉其他研究人員的能力，就能將研究完成……結果現在出狀況，才想找我求助。」

「也就是說，奧斯向你求助的方式，就是綁架並奪走你的其他研究嗎？」

「產品出狀況後，肯定會有不少虧損，為了填補虧損的空缺，拿我的其他研究去彌補是最快的。」

「聽你這樣說，這間公司還真的很沒良心，完完全全就是個黑心企業。」

「是啊，很讓人不爽。」邱珩少將雙手從鍵盤移開，轉頭對羅本說：「他們大概原本是想從電梯裡把我們抓出來之後，直接扔進這層樓，所以才會讓電梯停靠在下層而不是這層。」

「為什麼要把事情搞得那麼複雜？直接讓電梯停靠在這層不就好了？」

「你沒注意到嗎？這層樓的按鈕被拔除，沒有辦法停靠。」邱珩少嘆口氣，打量周圍，

「我猜逃生樓梯的門也已經被焊死，所以只能從外側用手動方式打開門。」

羅本倒是沒想到這些，他只覺得很沒必要。

但換個角度思考，若這層樓早就已經被封鎖一陣子的話，沒辦法用正常方式進出也是很正常的。

邱珩少走出研究室，重新回到電梯門口。

跟著他的羅本這才發現，三個電梯當中，有兩個電梯門都被鋼板釘死，只有他們爬進來的那扇電梯門是可以通行的，可是顯示樓層的螢幕漆黑一片，就像是沒有通電。

若是這樣，那剛才金屬球是怎麼把門打開的？

『電梯有電，只是螢幕被破壞所以顯示不出任何畫面。』

金屬球飛到羅本面前，為他心中的疑問解答。

羅本被它嚇一跳，眨眨眼，伸手抓住它，往旁邊扔開。

金屬球不穩地上下搖晃，好不容易才穩定住，重新飛回羅本身旁。

『小心點，摔壞的話你賠不起。』

羅本沒興趣，理都不理。

他看見邱珩少站在電梯旁邊地樓層平面圖前，仔細端倪，便走到他身後，想看看他究竟在看什麼。

明明對這層樓熟悉到不行，為什麼還要特地去看地圖？

「你在找什麼嗎？」

「每層研究室都有獨立的控制室，負責控管這層樓所有儀器設備，不過我不確定它在哪，地圖上也看不太出來。」

「你不是在這裡工作過嗎？」

「我都待在研究室裡。」

言下之意就是說，邱珩少除了研究室之外的房間都沒怎麼去過，他看起來熟門熟路的原因，也不過是因為那是通往過去工作的研究室的路。

羅本早就該想到，邱珩少本來就是這種個性的人。

「你不覺得奇怪嗎？」邱珩少斜眼睨視電梯方向，隨即又再次將目光放在平面圖上，「底下那些朝我們開槍的傭兵，掃射完之後並沒有追過來。」

「嗯，我也有注意到。」

「雖然不知道那些傢伙在提防什麼，但我們得找其他方式離開。」

電梯無法通行，逃生樓梯門又被焊死，總不可能破窗而出。

就在他們兩個將注意力都放在樓層平面圖的時候，原本還能聽見的機器運轉聲突然停止，整層樓變得相當安靜，連彼此的呼吸聲都能聽得一清二楚。

這種莫名其妙的寧靜感覺，給人一種不祥的預感。

羅本下意識將邱珩少護在身後，眼神迅速掃過周圍。

幾秒鐘過去，正當他們認為可能沒有什麼危險的瞬間，巨大碰撞聲響突然從走廊深處傳來。

碰！碰碰碰！

咚咚！碰隆！

聽起來像是有人在砸東西或是撞門，從沉悶的撞擊聲聽起來，不管發出聲音的是人還是動物，力量絕對不小。

羅本拿出手槍，緊張冒冷汗。

這裡有三條走廊，他很難判斷對方會從哪裡出現，畢竟這裡太過安靜，又是封閉空間，即便聲音明顯，也很難準確鎖定對方位置。

剛才看過平面圖，羅本知道左邊走廊有間靠窗的小房間，雖然沒看清楚那是什麼地方，但他們現在最好先移動過去，盡可能在對方發現前躲起來。

兩個人很有默契地不作聲響，邱珩少任由羅本拉著自己走。

事情看似順利，可惜運氣並沒有站在他們這邊。

拐過前面的走廊不到一秒，羅本就看見盡頭處有個巨大的黑色身影。

他下意識驚覺不妙，急忙將邱珩少往回推，靠牆貼著。

邱珩少被他反壓在牆上，眨眨眼，看著把手橫過自己的肩膀上方，把他強行壓在牆壁貼著的羅本，心情有點不爽。

羅本並沒有意識到他對邱珩少做出「壁咚」行為，全神貫注地觀察剛才看見的身影，直到確定它往其他方向走，沒有過來這邊，才稍稍鬆口氣。

那個「黑色身影」看起來有點眼熟，跟他過去在絕望樂園以及島上遇過的那些怪物十分相似，這讓羅本直覺認為必須躲起來，不能被發現。

然而，事情發展總是不如預期。

明明他們沒有發出任何聲音，已經將存在感降到最低，但剛才轉向去其他地方的龐然大物，卻從走廊轉角處探出頭，那雙佈滿血絲的眼眸，死死盯著他們兩個人看。

從它的口中吐出白色霧氣，全身上下充滿屍體腐臭的氣味，不停顫抖的眼珠子，就像是監視器一樣，鎖定他們兩個人。

羅本瞬間臉色慘白，因為他過去曾經見過。

這東西就跟之前在島上進行遊戲時所遇到的「怪物」一模一樣！

「啊啊——」

怪物發出低沉、像是喉嚨受損的沙啞聲，接著就將手掌迅速伸向兩人。

羅本回神，急忙把邱珩少推開，向後縮脖子，勉強閃避，沒有讓它碰觸到自己的身體。但因為事情發生得太快，腳步有些踉蹌，還沒來得及站穩，眼角餘光就看到怪物握緊拳頭朝他的頭部揮拳。

碰！

一聲巨響，讓三步距離外的邱珩少當場愣住。

羅本咬緊牙根，因為使出全身力量抵抗，手臂青筋浮出。

他把手槍作為盾牌，擋住怪物揮過來的拳頭，雖然成功阻止攻擊，可是他卻被壓制、動彈不得，用來防禦用的手槍也被拳頭打成廢鐵。

「該死！力氣真他媽的大！」

顧不得形象與口德，羅本忍不住爆髒話。

他知道跟力氣比自己強的敵人，不能用硬碰硬的方式，於是迅速向下蹲低、向後方撤退，不靠力量跟對方硬拚，從被限制的情況下成功拉開距離。

凹陷毀壞的手槍掉落在地上，怪物看也不看，筆直朝羅本衝過去。

根本沒有時間將背包裡的狙擊槍拿出來的羅本，只能左閃右躲，想辦法不被拳頭打中。以怪物的力道來說，光是一拳都會承受不住，要是被打到的話，絕對不是開玩笑的。

他看了一眼邱珩少的位置，確定金屬球也在他身邊後，便轉身往另外一側的走廊跑走。因為知道怪物會追著他，所以他根本不擔心邱珩少的安危。

果然如他所料，怪物對他窮追不捨。

成功引開怪物是好事沒錯，可是怪物的速度相當快，沒兩三下就縮短他們之間的距離，甚至快要抓住他。

羅本根本沒有時間準備武器，只能匆忙從胸包裡拿出手掌大小的手榴彈。

邱珩少說過這東西威力很強，所以最好不要近距離對敵人使用，不過在這種情況下，根本顧不得這麼多。

為了爭取時間，他拔掉卡榫後，把手榴彈輕輕扔在地上。

算準距離以及手榴彈引爆的時間，怪物剛跑到手榴彈所在的位置，便迅速引爆。

一聲巨響炸碎大樓外側玻璃窗，就連研究室的窗戶與隔間都被炸出裂縫。

燃燒過留下的黑色燒痕，完完全全顯示出爆炸範圍大小，跑在前面的羅本因為沒有預料到爆炸威力會如此強大，被爆風吹倒在地。

他滾了兩圈後，迅速起身。

這點狀況對混過戰場的他來說，根本不算什麼，然而他也知道，這種程度的手榴彈是不可能殺死怪物的。

他沒有繼續逃跑，而是迅速蹲下，將背包裡的狙擊槍拿出來。

就在他剛握住槍托，將手指放在扳機上的瞬間，被炸彈炸傷、部分肢體血肉模糊的怪物突破爆炸揚起的塵埃，「嘎啊啊啊」地吼叫，朝羅本撲過來。

羅本面不改色，對於攻擊毫不畏懼的他，沒有瞄準，就這樣直接拿起狙擊槍朝怪物盲狙。

一聲沉重的槍響過後，怪物的右眼與腦袋被子彈貫穿，炸出小洞。

被子彈貫穿的位置，能夠清楚看見後面的景物，而怪物也迅速倒地，臉貼緊地面，動也不動。

羅本慢慢起身，看著倒在自己面前沒多少距離的怪物，小心提防。

就在他想著這個東西會不會又突然活過來的下一秒，怪物猛然抬起頭。

但，羅本早就已經做好準備。

他的眼眸散發著厲光，反握狙擊槍，將它當成棒球棍，狠狠地用槍托砸向怪物的腦袋。

怪物的腦袋凹陷，腦漿與鮮血濺出，再次倒地。

而這次，它不再有任何動靜了。

「哈……這就是這層樓被封鎖的原因？」

「不，它只是原因之一。」

從後方追趕而來的邱珩少，繞過怪物的屍體，來到羅本面前。

他用眼神示意羅本跟過來，而對他剛才說的話有些好奇的他乖乖跟上去。

走沒多少距離後，他們來到牆壁被撞出大洞的研究室，從被破壞的程度來看，很顯然這就是剛才怪物被關著的地方。

可是他們剛才經過的時候，明明就沒看到它，怪物究竟是從哪冒出來的？

邱珩少帶著羅本從撞出來的洞口走進去，這時羅本才發現，被白色窗簾遮住的空間裡，有好幾個長方形鐵架，而這些鐵架上面，全都躺著跟剛才那隻怪物一模一樣的生物。

「搞什——」

「那東西就是從這裡跑出來的，而這大概就是奧斯封鎖這層樓的原因。」

邱珩少看了一眼旁邊的螢幕顯示出的數據資料，垂下雙眸。

「我們必須盡快離開這裡，不管去哪都可以，就是不能再待下去了。」

「……什麼意思？」

「讓這些東西沉睡的藥物已經使用完畢，也就是說，這些東西很快就會陸續醒過來，到時候就不是要對付一隻，而是一群。」

羅本聽見邱珩少說的話之後，臉色鐵青。

他的直覺向來很準，而從剛剛開始就產生的不安感，原來是這個原因。

「媽的……這些傢伙醒過來的話，我可打不贏。」

「別擔心，我不會讓你跟它們打。」邱珩少走向旁邊的鐵架，挑選幾罐裝滿化學藥劑的玻璃瓶，直接就在旁邊的桌上開始調和，「那樣做不符合成本效益，而且我們帶的武器也不夠殺死這些東西。」

羅本把狙擊槍扛在肩膀上，歪頭觀察邱珩少忙碌的雙手。

「沒想到你還有點良心。」

「你死了對我沒好處。」

「那你打算怎麼做？」

邱珩少一邊把調和好的透明液體注入針筒，一邊回答：「這裡的東西有限，我只能調和出能夠讓肌肉暫時鬆弛一段時間的藥劑，雖然大概只能撐個二、三十分鐘，但也足夠。」

羅本並不想知道他是怎麼做到的，邱珩少這個人可怕到隨便用從櫃子裡拿出來的東西，都能迅速做出能夠直接使用的藥物——這可不僅僅只是個天才能夠做得到的事，根本就是怪物。

比起躺在這裡的實驗體，邱珩少更像個真正的怪物。

他看著邱珩少依序將液體直接注入怪物們的頸部，之後便把針筒隨手一放，轉頭對他說：「現在，我們離開這裡。」

羅本一驚，「你想到辦法了？」

他還以為邱珩少心裡已經有計畫，才會這樣跟他說，沒想到這個男人竟然只是把他帶回剛才被手榴彈炸過的走廊，指著破掉的窗戶。

「從這裡下去。」

「……你傻嗎？這裡好歹是十樓。」

「旁邊不是有逃生裝置？用那個慢慢降下去就好。」

「你是不是忘記奧斯想要殺掉我們？他們肯定不會讓我們這麼輕鬆逃走。」

「我倒不這麼認為。」邱珩少攤手說道：「連自己大樓被手榴彈炸毀，都沒反應了，你覺得他們還有那個餘力注意我們的舉動？」

「什麼？」

「聽好了。」邱珩少瞇起眼眸，語氣格外冰冷，「就算我們引起那麼大的騷動，那些傢伙也沒有管我們，是因為那些傢伙知道我們遇到這些實驗體，並努力反抗。他們那麼畏懼這些東西，甚至不惜封鎖整層樓，就表示他們拿它沒轍。」

「解決不了問題，就乾脆放置不管……嗎？」

「或是乾脆直接處理掉。」邱珩少勾起嘴角，「這就是奧斯的行事風格。」

「監視器呢？」

『在我控制之下。』

金屬球突然開口說話，增加存在感。

要不然它覺得自己快要被這兩個人遺忘了。

邱珩少和羅本同時轉過來看著金屬球，眼神透露出「啊對喔，還有你在」的想法，讓它心情非常煩躁。

『兩位……是不是完全忘記我的存在？』

「……沒有。」邱珩少裝作沒這回事，默默撇開頭。

羅本直接無視它，繼續討論正事。

「總之那些傢伙看不見我們，可是也不想管我們……的意思？」

「剛才你引爆造成的影響，足夠讓那些傢伙忙一陣子。那顆炸彈的威力可是之前那些衝鋒槍完全不能比的，就算他們能清空整層樓的員工，不讓那些傭兵做的事情傳出去，但手榴彈可不一樣。」

羅本明白邱珩少的意思，簡單來說，他就是想要把事情鬧大，這樣奧斯就沒有餘力將心思放在他們身上。

即便這棟大樓附近很空曠、人煙稀少，但大樓內的員工數量非常多，一旦引發這麼大的爆炸，奧斯也不可能有辦法完全掌控所有員工的行動。

如此，便能達到邱珩少一開始想要的結果。

「好吧，總而言之，我明白你的意思跟想法了。」

羅本將狙擊槍背在身後，左顧右看，在靠窗的角落位置找到逃生用的裝置。

只不過那個裝置已經被捲入爆炸，整個攔腰斷裂，無法使用。

兩人沉默不語，陷入鴉雀無聲的尷尬氣氛。

『嗶，嗶嗶——』

劃破這個低迷氣氛的，是金屬球發出的聲響。

隨即它變開口傳遞最新取得的情報。

『請兩位直接前往窗邊，支援即將到達。』

支援？

邱珩少和羅本互看對方，實在想不透金屬球說的「支援」是誰。

一分鐘不到，突然有三架直升飛機接近大樓，其中一架靠近他們所在的那層樓窗戶邊，與大樓保持安全距離，並且發射出物體打進樓內。

仔細看清楚後，羅本才發現原來是梯繩。

梯繩與直升機相連，很顯然地，這是要他們利用梯繩逃出去的意思。

邱珩少看起來不是很高興，但金屬球卻努力勸說。

「那些傢伙是誰？」

『對方主動提出要協助您的要求，請放心，不會有問題。』

「哈，協助我？」邱珩少冷冷一笑，「想要幫我的人，絕對都是別有所圖，不會有那種無私的傢伙存在。」

『就算是這樣，對您來說也絕對不是沒有益處的交易。』

邱珩少沒有說話，不發一語地盯著金屬球，透過這顆球體與控制它的人冷冷對視，渾身上下散發出抗拒的氣息。

眼看情況不對，加上直升機在外面停留時間越久，對他們越不利，於是他便走過去抓住邱珩少的腰，強行將人往窗戶邊拉過去。

他不管邱珩少還有多少顧慮，就這樣踏上窗框，抓緊人跟梯繩，直接蹬出窗外。

「沒時間了，抓住。」

兩人身體瞬間下墜，左手臂還有傷的羅本稍微有些吃力，而看到他皺起眉頭的側臉，邱珩少立刻就自己抓住梯繩，減少他的手臂施力。

成功接到兩人的直升機立刻側身飛離大樓，另外兩架在周圍徘徊的直升機也隨後跟上。當羅本和邱珩少沿著梯繩順利搭上去的時候，他們已經距離大樓有段距離。

「是邱珩少先生和羅本先生嗎？」

坐在副駕駛座位置上的男人，回頭詢問他們。

羅本點點頭，見對方沒有攜帶武器，直升機內除了剛才扔梯繩給他們的一名人員之外，沒有其他人，便明白他們並沒有任何敵意。

就像金屬球說的，他們只是來協助的。

羅本知道這些人沒有說謊，而且金屬球也有確實跟過來，萬一有危險，它也能做出反應，提供保護。

不過他還來不及開口回答對方，就突然被邱珩少抓住右肩，強行拉過去。

「呃、做什麼？」

他的行為太過突然，讓羅本反應不及，不太高興地瞪著那張面無表情的臉。

邱珩少沒有說話，只是靜靜盯著他的左手臂看，這時羅本才注意到槍傷位置滲出紅色液體。

「啊，看來傷口裂開……喂！」

羅本本來就不是很在意這種小事，沒想到剛說完話下一秒，他的衣服就被邱珩少撕開。

他超級傻眼，除駕駛員之外的另外兩名人員也被嚇傻。

就算羅本不在意被別人看到自己傲人的強健胸肌與完美腹肌，但也不表示可以一句話都不問，直接把他的衣服弄破。

機艙內一片寧靜，氣氛尷尬到極點。

邱珩少不理會其他人的想法，仔細觀察羅本裂開的傷口，親眼確認傷口只是稍微裂開，沒有什麼大礙後，才把自己的外套脫下，往羅本的臉扔過去。

羅本頭頂著他的外套，實在不知道該從哪吐槽。

「請問兩位是邱珩少先……」

「有醫藥箱吧？」

「……咦？欸，有、有的。」

原本想重新確認兩人身分，但對方才剛開口，話都還沒說完，就再次被邱珩少強行打斷。

被邱珩少霸道的態度壓制住的人員，只能順從地回答。

他乖乖把醫藥箱交出來，看著邱珩少仔細為羅本的傷口重新包紮，直到他結束前，都沒有人敢出聲打擾。

結果就在沒有任何交談的情況下，直升飛機抵達目的地。

隨行人員十分疲憊地走下來，看起來好像老了好幾歲。

明明他聽說邱珩少是個自私自利，對任何人都沒有興趣的怪胎，但他對羅本的態度卻根本不像是傳聞中的那樣。

不過，至少有個情報沒錯。

就是那個男人渾身上下都散發出排外、令人不安的氛圍。

「請跟我來。」

事到如今，已經放棄確認兩人身分的他，乾脆直接把人帶過去比較快。

反正他們兩個人的外貌看起來跟照片沒有不同，不至於認錯人。

想著趕緊把工作完成的人員，內心已無任何波瀾，只奢求早點下班走人。

羅本穿著邱珩少的外套，下半身穿著長褲，看起來有點像個變態，可是他也顧不得形象，畢竟好不容易才從那棟大樓裡成功逃脫出來。

直升飛機停靠的是個小型機場，整座機場除剛降落的三架直升機之外，沒有其他飛機的蹤影，塔臺也看起來不像是在運作的樣子。

機場位置相當荒涼，離城市有很長一段距離，看上去很像是廢棄很久、沒人使用的地方，但如果是這樣的話，停機棚又顯得過於乾淨。

羅本環顧四周圍，直到走在前面的邱珩少停下腳步，才把頭轉過來。

停機棚面前停著一輛高級黑色轎車，以及數輛軍用吉普車，旁邊站著許多穿軍裝、手持武器的傭兵，雖然看上去對他們沒有敵意，但也讓人不敢大意。

黑色轎車旁站著一名女性，穿著打扮休閒簡便，不過可以輕易看得出來，她就是率領這群傭兵的頂頭上司。

羅本沒看清楚對方的長相，反而是站在他面前的邱珩少認出女人的身分，瞬間沉下臉來，心情明顯變得煩躁、不耐煩。

突然停下腳步，也是因為這個原因。

「……媽的。」

聽到邱珩少低聲咒罵的聲音，羅本立刻就猜出對方是誰。能讓他厭惡到忍不住直接罵出聲的女人，就只有洪芊雪。

洪芊雪取下太陽眼鏡，掛在胸口，態度傲慢地將左手搭在腰間，笑盈盈地迎接痛恨到想要立刻殺死她的邱珩少。

她看了邱珩少一眼後，很快就把目光轉移到站在他身後的羅本身上，但才跟他對視不到幾秒鐘，邱珩少便立刻用身體阻隔她的視線。

「妳想做什麼？」

來到她面前的邱珩少，以自己的身高優勢，俯瞰比他矮一顆頭多的洪芊雪。

他的壓迫感很強烈，讓旁邊的傭兵十分警戒，但洪芊雪卻用眼神示意他們不要輕舉妄動。

因為她發現羅本正在盯著停機棚頂端，就好像知道她在那裡安排狙擊手一樣。

深知邱珩少恨她恨到想要殺死她，可是洪芊雪仍需要冒風險和他見面。

她嘆口氣，不耐煩地回答：「我是來幫忙的。」

「幫忙？哈！」邱珩少雖然在笑，但臉上卻沒有半點喜悅，反而變得更加可怕，「妳以為我需要妳這種人的幫助？」

「你會需要的。」洪芊雪也跟著用不太高興的口吻反嗆：「難道你以為光靠你一個人就能對抗奧斯？它的影響力有多強，根本不用我特別解釋給你聽吧。」

「說好聽是要幫我，實際上不就是想利用我嗎？就跟過去一樣。」

「你還有臉說我利用你？你不也在利用其他人？」

「給我閉上嘴巴，洪芊雪，要不然我真的會在這裡殺了妳。」

「有種就動手啊？」洪芊雪不甘示弱，「但我知道你不會那樣做的，因為殺死我對你沒有任何益處。」

「哈！說得好像妳很有用處一樣，妳覺得我會傻到再次相信妳說的話？」

「我之前都那樣幫你了，你還覺得我在騙人？」

兩人一旦開始互罵，就停不下來。

其他傭兵你看我我看你，就連帶他們過來的直升機人員也不敢插嘴。

羅本眼看這樣下去不行，果斷跳出來阻止。

他站在邱珩少面前，將手掌貼在他的胸口上，以眼神示意他閉嘴。

只可惜，邱珩少並沒有意會他的意思。

「做什麼？」

「閉嘴，別說話。」

「你憑什麼命令我？」

「邱珩少，我沒在跟你開玩笑。你現在只是單純因為討厭洪芊雪而沒辦法冷靜做出判斷，如果你再繼續因為個人的情緒而受到影響，那接下來我就沒辦法聽你的命令行動。」

羅本並不是沒有個人情緒，但他懂得要盡量避免讓自己的情緒和偏見影響判斷，過去邱珩少總是很冷靜，可那是因為他不在乎，如今站在他面前的是他憎恨的對象，才會讓他稍微失控。

其實他也不是特別站在洪芊雪這邊，只不過是想要阻止邱珩少做出錯誤的決定，但邱珩少似乎對他的行為有所誤會。

看到他用凶神惡煞、像是要咬斷他脖子的眼神盯著自己看之後，羅本只能無奈解釋：

「她幫了我們兩次，就算你們之間過去有舊仇，也不能無視她這兩次的出手協助，所以聽她說幾句話，不算過分吧？」

「……哈！」邱珩少不屑地撩起瀏海，不爽地低聲咒罵，發洩完情緒之後安靜幾秒鐘時間，才重新轉過頭來直視洪芊雪。

雖說他並沒有完全擺脫對洪芊雪的厭惡感，但至少沒有那麼抗拒了。

「說吧，妳想幹嘛？」

洪芊雪雙手環胸，看了一眼成功阻止邱珩少發瘋的羅本後，才開口解釋。

「我需要你的幫忙，邱珩少。我知道你恨我，可是能夠讓奧斯吃虧的就只有你，我不能讓你死掉。」

「所以妳才會出現在絕望樂園？」

「沒錯，因為我必須確定你能安然無恙，而且我也是陳熙全安排在絕望樂園的協助人員之一，這樣講的話你應該能夠接受吧？」

為了讓邱珩少更加放心，洪芊雪故意搬出陳熙全的名字。

可惜，邱珩少對陳熙全沒有任何好感，所以這樣說並不能得到他的信任。

洪芊雪發覺邱珩少的眼神變得更加冰冷，嚇了一跳，因為這跟她原本預想的反應完全不同。

「……你不想幫我？」

「在屋頂上安排狙擊手瞄準我的腦袋，還談什麼信任。」

「哈啊……我明白了。」

洪芊雪轉頭向身旁的傭兵低語，對方點點頭之後，透過無線電向埋伏的狙擊手下達撤退指令。

羅本在確認狙擊手確實離開後，才向邱珩少點頭示意。

「行了吧？」洪芊雪的耐心已經用盡，開始有點不耐煩，「我真的沒有時間跟你瞎扯，跟我合作對你沒有壞處。」

「曾出賣過我的人，說這句話還真搞笑。」

「邱珩少，你夠了！」洪芊雪終於忍不住爆發，握緊拳頭，臉冒青筋，咬牙切齒地問：「那你到底想要我怎麼做才行？該死！萊克那混帳現在可是想殺了我們兩個，你就不能乖乖配合嗎？」

這句話終於引起邱珩少的興趣，他眨眨眼，疑惑地看著洪芊雪氣到漲紅的臉，皺緊眉頭。

「他要殺妳？」

「要不是因為這樣，我會想跟你合作？」洪芊雪聳肩，一副不耐煩的態度，「你應該很好奇吧？奧斯為什麼要抓你，而你過去的研究室現在又變成什麼鬼樣子……」

邱珩少想起自己透過系統看到的研究報告，以及那些被強迫沉睡不醒的實驗體，大腦漸漸冷靜下來。

是的，沒錯。他知道奧斯在盤算什麼。

奧斯在強行占有強化細胞的研究後，並沒有成功將研究完成，研究資料裡存在非常嚴重的缺陷問題，這也讓他們的商品帶來相當大的風險。

強化細胞的特殊藥劑能夠激發人體原有的強度，但同時也會為身體造成相當大的傷害，大部分的實驗體都會因為無法承受而七孔流血死亡，所以在注入強化細胞的藥劑時，需要多次、分批，慢慢注射，需要花費不少時間。

注射的過程對實驗體來說是種長時間折磨，到最後實驗體通常都會失去原有的人性，成為無法控制的行走型武器。

奧斯一直在研究如何保留實驗體的理智，以方便控制，如此一來它就能在戰爭中發揮相當大的效果，同時能夠減少大量傷亡。

但，這項研究一直沒有成功，而實驗體發瘋的狀況卻越來越嚴重。

那些躺在研究室裡沉睡的實驗體，全都是研究失敗的成果，就像突然攻擊羅本的那個怪物，它們全都無法透過人為控制。

細胞研究需要改良，而能做到這點的就只有邱珩少。

奧斯知道邱珩少在研究被奪走後，仍在持續進行這項研究，而那便是他們所需要的。

為了得到它，即便邱珩少死了也無所謂，因為奧斯知道邱珩少手中的研究進度已經近乎完成，剩下來的部分，他們自己能夠填補，並不需要邱珩少的天才腦袋。

但這是針對邱珩少的部分，按照道理來說，應該跟洪芊雪沒有任何關係才對。

「萊克為什麼想要殺妳？」

邱珩少終於對洪芊雪產生好奇心。

洪芊雪沉下臉，以嚴肅的態度回答：「因為奧斯想要併吞我們公司，被我拒絕後，我們之間就鬧翻了。」

「併吞？哈……萊克那傢伙想娶妳？」

「嘖！別直接說出來，光聽到這種話都讓我渾身不舒服。」

洪芊雪厭惡至極的反應，讓邱珩少相當滿意。

「那傢伙真沒眼光。」

「我找你幫忙可不是讓你數落我的。」洪芊雪不快咂嘴，但還是乖乖提出條件交易內容：「只要你幫我毀掉那間公司，我就幫你奪回你留在奧斯的所有研究。」

洪芊雪知道邱珩少想要什麼，所以才故意提出條件誘惑，但邱珩少的反應卻跟她的預期不同，不但沒有接受，反而還擺出不屑的態度，令她困惑。

「你……你為什麼看起來一點興趣也沒有？」

「因為妳給出的條件爛到讓人無話可說。」邱珩少冷冰冰地給予回覆：「找別人幫妳吧，洪芊雪。我不會協助妳的。」

「什、什麼？難道你不想拿回自己的研究？」

邱珩少指著自己的腦袋瓜，揚起嘴角。

「我的研究都在這裡，有什麼好奪回的？省省力氣吧，洪芊雪，妳給的報酬對我來說一點意義都沒有。」

說完這句話之後，邱珩少便丟下張嘴站在原地發呆的洪芊雪，轉而離開。

羅本看了看臉色鐵青，因為被拒絕而憤怒不已的洪芊雪，深深嘆氣。

邱珩少這傢伙，真的很擅長累積仇恨。

「邱珩少你這混帳！」眼看沒能拉攏到邱珩少，洪芊雪氣憤地朝他怒吼：「你別以為拒絕我之後還能安全離開這裡！」

邱珩少停下腳步，雙手插在長褲口袋裡，面無表情地轉頭。

「妳真的很愚蠢，洪芊雪。難道妳以為陳熙全派妳過來接我，是因為信任妳？他不過是給妳說服我的機會而已，真正的後勤支援，並不是妳。」

就在他回答的當下，不遠處塵土飛揚，大量的黑色轎車以十分快的速度開往這裡，短短不到幾秒鐘時間，它們便抵達邱珩少的身後。

從其中一輛車的駕駛座走下來的，是個擺出心不甘情不願表情的男人，而金屬球也不知道什麼時候飛到那個人身邊，很顯然，它跟對方是一夥的。

他慵懶地抬眼看向邱珩少和羅本，拍拍車頂示意。

「你們兩個，還不快點過來？」

沒想到這個男人竟然會出現在這裡的羅本，終於明白為什麼邱珩少能不顧後果地拒絕洪芊雪，還擺出天不怕地不怕的態度。

原來，是因為他們有這個「最強」後盾——黃耀雪。

合約六：被捨棄的棋子

一行人搭上黃耀雪的車，遠離小型機場。

坐在副駕駛座上的羅本從後照鏡看著洪芊雪的身影越來越渺小，直到完全看不見為止，才終於放心。

獨自強占後座位置的邱珩少雙手環胸，閉目沉思，而那顆金屬球也躺在座椅上，隨著車子行徑時的震動滾來滾去。

當它撞到邱珩少的大腿時，邱珩少冷冷一瞪，金屬球立刻裝死，獨自滾回角落，不敢再亂晃。

「把置物箱打開，裡面有衣服。」黃耀雪邊開車邊提醒身旁的裸體男人。

羅本取出衣服，將黑色連帽T穿好，終於不用再繼續裸露身體，讓他鬆了口氣。

他轉頭詢問黃耀雪：「這是怎麼回事？」

「看樣子邱珩少什麼都沒跟你說。」

「你也知道那傢伙的個性，就那樣。」

羅本剛說完，就感受到椅背被人從背後狠狠踹一腳。

他忍著不耐煩的心情，接著說下去。

「我還以為邱珩少是擅自行動，沒跟你們說。」

「他是沒有說，但也沒差，反正不管他做什麼都會受到監控，不然你以為那顆金屬球為什麼總是在你們身旁晃來晃去的？」

「邱珩少知道自己被監視，所以才乾脆不說？」

「是啊，所以我總是在幫這傢伙擦屁股。」黃耀雪嘆口氣，將話題轉回剛才的事情上，把狀況解釋給什麼都不知道的羅本聽。

簡單來說，陳熙全知道邱珩少會直接殺去奧斯總公司，考慮到他們很有可能需要人協助撤退，便把這個機會交在洪芊雪手中。

洪芊雪在絕望樂園的事件結束後，一直都有和陳熙全保持聯絡，畢竟那女人的目的非常明顯，就是衝著邱珩少而來，所以陳熙全故意不拒絕。

她跟陳熙全做了個交易，所以才會出現在絕望樂園並暗中幫助邱珩少，而交換內容就是讓她能有跟邱珩少交談的機會。

當然，陳熙全是在知道洪芊雪想跟邱珩少談什麼的前提下答應的。

而且他也知道，邱珩少絕對不可能同意洪芊雪提出的條件。

「一切都在陳熙全的預料之內，所以他才會派我來接你們。」

黃耀雪看起來並沒有覺得麻煩，反應比想像中普通，倒是讓羅本有些意外。

他還以為黃耀雪覺得監視邱玠少的工作很麻煩，更不用說他大多數的時間都花在邱玠少身上，替他收尾、提供輔助，還要負責保護的工作——現在看起來，黃耀雪就像是邱玠少的訓獸師，只不過這隻野獸到現在仍無法馴服。

「你覺得洪芊雪會就此放棄嗎？」

黃耀雪噗哧一聲笑出來，「當然不可能。」

羅本雖然跟黃耀雪不是很熟悉，但這個男人明明在左牧面前表現得很正常，怎麼現在看起來卻也像個瘋子？

果斷放棄去考慮這些私人問題後，羅本繼續向他確認：「接下來要怎麼做？剛才離開的時候，洪芊雪看起來像是想把我們全殺了一樣。」

「不用擔心，她暫時不會來找麻煩。」黃耀雪側眼睨視羅本，「你覺得為什麼陳熙全會要求洪芊雪出手去奧斯的地盤幫助你們逃脫？」

一聽到黃耀雪提出的問題，羅本眨眨眼，恍然大悟。

「……啊啊，原來如此。」

他懂了。

掌握相當大權力的陳熙全，怎麼可能會輕易接受洪芊雪的要求？就算只是想要安排她留在絕望樂園暗中提供協助，也不是很合理，畢竟以陳熙全的能力，根本不需要讓洪芊雪這樣做。

比洪芊雪適合的人選有很多，更不用說他還跟程睿翰那種瘋子私下聯手。

陳熙全這麼做的理由只有一個，那就是故意將指向邱珩少的矛頭轉向洪芊雪，打算讓這兩個人互相殘殺。

反正洪芊雪本來就跟奧斯鬧翻，即便不這樣做，兩人最後也還是會打起來，但如果讓洪芊雪出手去幫助邱珩少的話，原本想要追捕邱珩少的奧斯就會立刻把重心轉移到洪芊雪身上。

如此一來，他們就能爭取到更多的時間。

羅本轉頭看著閉目沉思，從上車後就沒有開口說過半句話的邱珩少，哈哈苦笑。

「你該不會早就知道陳熙全在打什麼算盤了吧？」

「那個男人的心思一直都很好預測。」邱珩少嘆口氣，雖然眼睛沒睜開，但能從他的回答明白，這人根本就沒有睡著。

這樣看來，什麼都不知道的人似乎只有他一個。

羅本很無奈，但又沒辦法，畢竟他一直都處於被動狀態，只能隨波逐流。

不過，他很好奇的是奧斯有那麼容易上當嗎？

「你不用擔心，萊克本來就不信任洪芊雪，就算洪芊雪跟我沒有真的合作，他也能把這件事作為藉口，直接和洪芊雪槓上。」

邱珩少就像是知道羅本腦袋瓜裡在想什麼一樣，即使他沒問，也能替他解答疑惑。

對於他這種讓人毛骨悚然的行為，倒是讓羅本不由自主地打冷顫。

「那個叫萊克的到底是誰？」

「他跟我說話的時候，你不是也在場嗎？」

「我知道他是奧斯的高層、跟你有仇、是個男人。」

「就這樣？」

「不然你以為從剛才的情況來看，我能拿到多少線索？」

「……他是奧斯集團董事長的兒子之一，也是那間生物科技公司的最大股東。」

「也就是說，他是實際掌握『奧斯』生物科技公司的人？」

「當初挖角我過去的人就是他。」

「和洪芊雪聯手毀謗、並把你扔到那座島的人也是他？」

「沒錯。」邱珩少睜開眼睛，眼裡夾雜憤怒的情緒，「他也是名研究人員，學歷不比我低，但沒有我聰明。」

「可是你願意在他手下工作的話，就表示你認為他對你來說有利用價值吧？」

「畢竟那傢伙很有錢，手中掌握的資源也很適合我的研究，而且沒有那些總喜歡干涉我的同事，所以我才會待在奧斯。」

「呃，所以那一整層原本都是你的？」

「不然呢？」邱珩少不快咂嘴，「你以為我會想跟比我還要笨的人共事嗎？」

「哈、哈哈……」

羅本只能苦笑。

真不愧是邱珩少，不管過去還是現在，這男人的個性仍舊始終如一。

「萊克能夠利用這件事情說服董事會出手對付洪芊雪，不過看洪芊雪那個反應，應該是沒想到會被我拒絕，畢竟她也知道出手的風險。」

「意思是洪芊雪知道自己再來會被奧斯盯上？」

「對。」

「虧你還能夠面不改色拒絕和她合作。」

「那是她的決定，跟我沒關係。」

「哈啊……那陳熙全也這麼想嗎？」羅本轉而問黃耀雪。

黃耀雪聳肩，「我哪知道。」

眼看這兩人一問三不知，對未來沒有任何規畫和安排的懶散態度，羅本深深覺得自己還不如回家煮飯。

「真不該和你們扯上關係的。」

「現在後悔已經來不及了，黑色懸日也已經盯上你。」

羅本早料到事情會變成這樣，畢竟之前遇到的傭兵看起來就像是認識他一樣。

知道他曾經是職業軍人的人很多，但真正明白他實力的人，僅只有部分，畢竟他以傭兵身分接受工作的時候，通常都是接暗殺委託居多，而這種委託方式並不需要當面交易。跟他合作的仲介不是那種會輕易出賣個人情報的人，所以他能肯定，對方掌握的情報應該是只有他在戰場時期的資料。

「你跟那個組織之間是不是有什麼關係？」黃耀雪好奇問：「我在收拾大樓附近的時候，從被你殺死的那些傢伙手中拿到你在軍中時期的個人情報，活捉的傢伙也說你是他們的目標之一。」

從黃耀雪說的話，羅本可以確定邱珩少之前提起會替他收拾善後的人，確實就是黃耀雪沒錯。

看來在那之後，幫忙收拾屍體、從失火大樓裡抓住殘黨的人，都是黃耀雪。

想到黃耀雪辛苦處理殘局的畫面，羅本就覺得他有點可憐，感覺很像看到另外一個自己。

「嗯⋯⋯我知道。剛開始外面的狙擊手是對準我的腦袋沒錯。」

「聽你的意思，難道你不知道自己為什麼會被盯上？」

「原因太多，我反而想不出來是什麼理由，但你猜得沒錯，我確實跟那個組織交手過，不過那是很久以前的事，而且也不是會讓對方把我當成眼中釘的程度。」

「是你還在戰場上的時候？」

「嗯，可能是我曾經殺死他們幾個重要成員？老實說我真不知道，我哪可能會記得自己狙擊過的目標。」

羅本搔搔頭髮，一臉為難。

身為職業軍人的他，只不過是聽從命令行動，不夾帶個人想法。

不僅僅是他，戰場上的所有人都一樣，沒有人會記得有多少條性命死在自己手上，但他有件事情說謊了。

他知道黑色懸日為什麼會盯上他，只不過那並不是他們現在需要擔心的問題，就算他隱瞞這件事，也不會對現況造成什麼影響。

幸好他在黃耀雪的心中印象還算不錯，願意相信他、沒有對他的回答起疑心。

可是透過後照鏡看著他的邱珩少，卻擺出一副「你在說什麼瘋話」的表情，與單純的黃耀雪相比，完全不信任他說出的藉口。

羅本沒有理會邱珩少，繼續與黃耀雪交談。

「先不管黑色懸日的事，我們主要的敵人還是奧斯……現在可能還多了洪芊雪。」

「……和那群瘋子合作的不只有奧斯，你自己當心點吧。我話就說到這個分上。」

黃耀雪已經說得足夠明白，羅本當然能夠聽懂他的意思。

他笑著聳肩，「別擔心，我會自己看著辦。」

「我相信你不會有什麼事。」

「接下來有什麼打算？」

黃耀雪會過來接他們，就表示應該已經準備好下一步計畫。

他跟陳熙全早就知道邱珩少會拒絕洪芊雪，所以才會過來接他回去，由黃耀雪出面將邱珩少接回去的作法，主要是有兩個原因。

一是他們要讓洪芊雪知道，邱珩少的身後仍有陳熙全罩著，即便被拒絕，她也無法輕易動他；二則是要讓洪芊雪徹底打消拉攏邱珩少的念頭。

黃耀雪帶著自己的人手出現在那個荒蕪的機場，絕對不是偶然，而是早就安排好的計畫，這也讓羅本明白自己也不過是陳熙全手中的一枚棋子。

雖然他本來就跟陳熙全有私下交易，不過這種感覺仍然讓他覺得不舒服。

「總之，我會先把你們兩個送到附近的城市，先在那邊休息一天，明天就會安排班機讓你們離開這裡。」

「是要先把邱珩少保護起來嗎？」

「嗯。」黃耀雪透過後照鏡盯著邱珩少，問道：「你故意跑去奧斯，應該不只是要當面騷擾他們這麼簡單而已吧？」

邱珩少垂下眼簾，轉頭迴避黃耀雪的視線。

「算是。」

「所以你拿到你想要的東西了？」

「沒有，但我知道他們為什麼突然急著找我。他讓那些比我笨的研究人員接手去進行我的研究，不但沒有成功研發出來，反而直接販售那種半成品，最終導致狀況越來越嚴重。」

「奧斯果然隱瞞了事實。」

「呵，一群愚蠢的人。明知道自己沒辦法掌控，卻又貪婪地想要擁有——這就是我討厭人類的原因。」

「你自己不也是人類？」

「所以我從沒喜歡過自己。」邱珩少不悅咂嘴，不知道為什麼，他刻意將目光放到羅本身上。

接觸到他的灼熱視線，羅本有些意外，明明他沒打算介入兩人的話題，為什麼還得平白無故被邱珩少瞪？

羅本收回視線，轉而盯向車窗外。

黃耀雪仍在繼續和邱珩少交談，主要是確認一些事項跟情報交換，但羅本全都沒有聽進去。

或許是身體還沒有完全恢復，也或許是因為裂開的傷口開始發炎而隱隱作痛，在安穩、沒有任何晃動的車子裡，漸漸睡去。

等黃耀雪注意到的時候，羅本已經呼呼大睡。

「……槍傷可不是小傷口，你真不應該拉著他到處亂跑。」

「他是我的保鑣。」

「哈啊……我知道你無法理解我的話，但你要是再繼續這樣固執，羅本總有天會被你害死的。他可不是明碩，經得起被你呼來喚去。」

「你的意思是要我對他溫柔點？」

「我是要你安分點，不要老是想到什麼就做什麼，明明我也可以代替他陪你去奧斯，你偏要帶他過去。」

邱珩少噗哧一聲笑出來，「你？黑手黨小少爺能知道怎麼對付傭兵？」

「喂，我好歹也當過兵好嗎！」

「他可是上過戰場的。」

這句話讓黃耀雪無法反駁，但也讓他更加確定一件事。

討厭人類的邱珩少對羅本很執著，那種感覺和他對待左牧時的想法又有點微妙的不同，不過至少可以肯定的是，邱珩少並沒有把羅本當作消耗品使用。

「總之我提醒過你了。」黃耀雪邊開車邊抓空檔觀察羅本的臉色，「我已經安排醫生在房間等候，回去後你讓他好好休息，什麼都別做，聽見沒？」

「哈……黃耀雪，你憑什麼命令我？」

「我不是在跟你開玩笑，邱珩少。」黃耀雪握緊方向盤，咬牙切齒地說：「你要是想被左牧記恨一輩子的話，就繼續任性地活著吧，但我可不想因為你而被拖下水。」

邱珩少雖然仍不是很滿意，但他沒有回答，只是默默地閉上雙眼，雙手環抱胸口，陷入沉默。

雖然黃耀雪跟邱珩少接觸的時間並不算長，不過這種情況他見過很多次。

每當他不願開口討論，或是妥協的時候，就會故意閉眼沉思。

這種情況下，應該是屬於後者。

看來他真的很不想要被左牧討厭。

「……邱珩少，別想著隨心所欲活著。」

「開你的車。」

結束對話的兩人，車內氣氛變得冷冰冰的，但並沒有人在乎。

畢竟他們並不是「朋友」，也不是「夥伴」，只不過是湊巧搭上同艘船的冤大頭。

還認為自己在轎車裡的羅本，醒過來的時候卻發現自己躺在床上。

他眨眨眼，呆滯幾秒鐘後才回過神，慢慢起身坐好。

頭隱隱作痛，像是被人用拳頭揍過，體溫也好像比平常略高，身體使不太出力氣。

對這種感覺十分熟悉的羅本，很快就意識到應該是槍傷還沒有完全好，加上傷口裂開的關係，導致有點低燒。

房間內一片漆黑，很難判斷現在是半夜還是凌晨，手背上紮著針頭，長長的塑膠管延伸到床旁邊的點滴架，一滴滴的透明液體很有規律地順著管子流入他的身體裡。

羅本忍著渾身不舒服的感覺，重新躺回床上，讓後腦杓和枕頭緊緊貼合。

「我居然睡得這麼沉……」

「是啊，連我踹你都不睜開那該死的眼睛。」

原本以為房間裡只有自己一個人的羅本，在聽見說話聲之後，整個人從床上彈起來，迅速往聲音來源看過去，但對方的速度比他還快。

他不知道什麼時候走到床邊，抓住他的肩膀，強行將他重新壓回床上躺好。

待雙眼習慣黑暗後，羅本也看清楚那個壓在他身上的人影究竟是誰。

「邱、邱珩少？你為什麼會在這？」

「嘖。」邱珩少不耐煩地咂嘴，把手收回，「還不是因為你在那邊哼哼唧唧的，吵到讓人睡不著。」

「……黃耀雪應該不止準備一間房吧？」

「閉嘴。」邱珩少皺緊眉頭，「我心情不好，別給我頂嘴。你現在只要乖乖躺著睡覺就好，在打完點滴前，不准給我下床。」

羅本不懂邱珩少到底為什麼突然這樣，他不可能會因為黃耀雪的話而對他產生憐憫之心，那麼原因就只剩下一個。

那就是邱珩少考慮到他的死亡會讓左牧生氣，所以才勉為其難地照顧他。

羅本不太確定自己的想法對不對，於是便故意跟他說：「就算肚子餓也不行？」

邱珩少頓了下，默不作聲地轉身走出房間。

羅本躺在床上等待，三分鐘過去、五分鐘過去——十分鐘剛過沒幾秒，邱珩少才端著木製托盤回到房間。

他把托盤放到羅本面前，白色的碗公裡裝著滿滿的白米粥，裡面除了蛋絲之外還有一點小碎肉跟蔥花，口味清淡到完全是給病人吃的料理。

羅本看了一眼後，抬起頭對邱珩少說：「我沒生病，只是中槍耶？」

「你有點發燒，醫生說不能吃太難消化的食物。」

「好吧。」

現在這個時間點，他也不能強行要求說自己想吃點重口味的食物。

心裡想著有總比沒有好的羅本，舀起一湯匙放進嘴裡。

與想像不同，這碗粥似乎是用雞湯煮的，比想像中還要有味道，讓人食欲大開。

他還以為邱珩少端出來的絕對不是什麼能吃的料理，沒想到竟然還滿好吃的。

「這碗粥該不會是你煮的吧？」

「不然你看到這裡還有其他人在嗎？」

「你……會煮飯？」

「煮碗粥而已。」邱珩少意識到羅本心裡在想什麼，皺緊眉頭，全身上下散發出不耐煩的氣息，凶神惡煞地瞪著他，「我沒有蠢到連碗粥都煮不出來。」

「哈、哈哈。」

羅本看著空蕩蕩的碗，無奈苦笑。

他並不是因為邱珩少會煮粥這件事而感到意外，意外的是這碗粥比想像中還要用心，他以為像邱珩少這種不願為人付出的自私鬼，絕對不可能做出這樣的料理。

「吃飽就躺下。」邱珩少把木製托盤拿走，離開房間前還不忘叮嚀：「等我洗完碗回來看到你還醒著，我就會直接往你嘴裡塞安眠藥。」

雖然知道邱珩少只是在恐嚇他，不打算真的要這樣做，但羅本還是乖乖閉起眼睛。可能是因為肚子吃飽的關係，身體被粥溫暖後，睡意再次襲來。

這回，他睡得比之前還要更安穩。

時間慢慢流逝，陷入睡夢中的羅本已經完全不知道自己睡了多久，第二次睜開眼並不是自然醒，而是被惱人的嗶嗶聲吵醒。

睡迷糊的他翻身伸手，用力拍向床頭櫃的位置，想要像平常那樣把拿來當作鬧鐘的手機拿起來關掉，再睡個回籠覺。

可是他手碰到的不是手機，而是冰涼、硬梆梆的物體。

茫然地醒過來，朦朧的雙眼還沒能馬上適應房間內的漆黑，幾秒鐘過後才漸漸看清楚手碰到的東西是什樣的輪廓。

圓圓的，看起來像顆球，難道是玩具？

腦袋迷糊、思考能力不足的羅本，愚鈍地想著。

但很快地他就找回理智，瞬間清醒，撐起身體從床上爬起來。

羅本驚恐地張大雙眼，看著那顆嗶嗶叫的金屬球。

「你為什麼會在這？」

不知道是不是因為被強行叫醒的關係，羅本覺得腦袋隱隱作痛，就像是被人用針扎，有點不太舒服。

還沒等金屬球回答他的問題，羅本就發現原本扎在右手背上的注射針孔不知道什麼時候已經拔掉，用棉花壓住，貼上醫療用透氣膠帶。

雖然天仍舊黑漆漆一片，看起來似乎沒有睡多久的樣子，但羅本卻有種很討厭的感覺，就好像是自己錯過了什麼重要的事。

「……媽的，現在是怎樣？」

『沒多少時間了，羅本先生，請您立刻起床。』

金屬球停止擾人的嗶嗶聲，飄起來，在羅本的腦袋周圍晃來晃去。

『您入睡後已經轉移兩次，現在位於第一次停留地點有段距離的木屋度假村。』

「什麼？度假村……等等，你說轉移兩次是什麼意思？我沒有感覺到被人移動……」

『邱珩少先生要求隨行醫生為您施打麻醉，所以您一路上睡得很熟，完全沒有醒過來。』

「麻醉？那又是什麼鬼話……哈啊，該死的，邱珩少那混帳到底對我做了什麼？」

『您第一次醒過來之後沒多久，洪芊雪的私人傭兵便追過來，所以黃耀雪先生才會決定再次轉移，雖然目前姑且算是安全，可是我們安排在奧斯的人回報，奧斯的人正在全面搜索邱珩少先生的下落，所以只能暫緩撤退計畫。』

「洪芊雪跟奧斯的人都在追我們？那些傢伙為什麼不乾脆自相殘殺算了。」

『確實是按照我們原本所想的，奧斯先去跟洪芊雪進行接觸，只不過洪芊雪並沒有放棄追捕我們，她知道自己會成為奧斯的目標，就故意把他們引過來。』

羅本越聽越覺得不對勁。

頭痛一瞬間好起來，遲鈍的腦袋，終於開始運轉。

他迅速下床衝到旁邊的櫃子、沙發，到處尋找自己的東西，但是他什麼都沒有找到——沒錯，包括他背來的狙擊槍、裝著道具的胸包，所有東西都沒有留下來。

整個房間，就只有他跟那顆金屬球。

「……邱珩少那混帳現在在哪裡？」

羅本沉下臉，表情十分難看。

金屬球閃爍幾次光芒後，緩緩回答：『他正前往奧斯總公司。』

「哈……果然。」

猜到邱珩少腦袋瓜裡在盤算什麼計畫的羅本，黑著臉說：「所以我是被他扔下不管了嗎？就因為我受了傷，是沒辦法再利用的棋子？」

『不是這樣的。正因為您受了傷，邱珩少先生才沒有帶您一起走。』

「那他是打算一個人去送死嗎？沒有我，他要怎麼從奧斯手中活下來。」

『雖然我很確定邱珩少先生有自己的打算，不過我也不否認您說的話是對的，所以我才會叫醒您。』

「你是要我去把人帶回來？」

『是的。』金屬球停在羅本的雙眼前，與他的臉貼近距離，『您要是死了，邱珩少先生會非常頭疼，而且會引來不少麻煩……所以黃耀雪先生才會提醒他別太過頭。我們剛抵達第一個休息點的時候，邱珩少先生非常小心地照顧您，但從轉移到下個地點那時開始，邱珩少先生的態度似乎就產生了變化。』

金屬球像個聒噪的老人家，雖然說話態度畢恭畢敬的，卻還是能感受到操控這顆金屬球的布魯有多麼不爽。

「所以你的意思是，邱珩少怕我死掉才會把我扔在這？」

『是的。』

「那他一個人去奧斯，沒有帶任何人？」

『黃耀雪先生也跟他在一起。』

羅本知道黃耀雪其實多少也有基礎實力，但他們的對手是黑色懸日，黑手黨的小混混對上過戰場的傭兵來說，根本不值一提。

他並不是認為黃耀雪很弱，而是從經驗上來看，雙方差距太大，戰鬥方式也完全不同，就算黃耀雪陪在邱珩少身邊，他也不認為能起到多大作用。

和洪芊雪的私人傭兵相比，黑色懸日階級可是完全不同，黃耀雪不可能不明白這點，傻傻跟著邱珩少去送死。

大量資訊、情報，在羅本的腦海中快速打轉，最終他花不到幾分鐘的時間，便做出決定，並推測出邱珩少不得不選擇再次面對奧斯的理由。

「……布魯，洪芊雪那邊現在是什麼情況？」

『是，洪芊雪的私人傭兵被黑色懸日清理得差不多，知道打不贏，她便連夜逃離，目前並不在國內。』

「還有個問題。邱珩少去的並不是奧斯的總公司對吧？」

這次金屬球並沒有立刻回答，它只是靜靜看著羅本拿起掛在椅背的白色長袍，穿在身上。這是邱珩少唯一留給他的東西。

「看你不回答，就表示我猜對了。」

『您為什麼會這樣想？』

「你以為我傻傻的，剛退麻醉醒過來，什麼都沒辦法思考，只會單純地相信你說的每一句話？」

『……看來您並不信任我。』

「正確來說，我不相信任何人。」羅本打開門，感受著撲面而來的寒風，面色凝重，「百分之百的信任，只會招來死亡與禍害，想活下去的話，就算是最親密的朋友，也必須質疑他說的每一句話。」

金屬球跟著羅本走出小木屋。

夜晚仍舊深，漆黑天空中只剩明亮的月光。度假村之間的小木屋都有段距離，看起來就像個可愛的小村莊。

「我在這裡待多久了？」

『從第一次移動開始已經過三天。』

「三天？這段時間邱珩少那混帳一直故意讓我睡著嗎？」

『邱珩少先生很在意您的槍傷，可能認為讓您休息比較妥當才會這樣處理。』

「哈……該死的，沒想到這段時間我都被當成行李扛來扛去。」

金屬球似乎不太明白羅本的意思，老實地說：『邱珩少先生都是親自抱著您移動，沒有將您以行李方式對待。』

「所以我該稱讚他還有點良心？」

『我倒是覺得他對您還不錯。』

「還不錯……哈哈，算了吧，跟那種瘋子沒辦法正常溝通。」

羅本一邊苦笑一邊走在小木屋區域內的紅磚小徑，沒過多久後，便來到岔路口。

完全沒有任何資源的羅本，看著路牌指示以及旁邊展示的地圖，轉頭詢問金屬球：「你把我叫醒，就是想讓我去追邱珩少對吧？」

『是的。邱珩少先生雖然命令我將您平安送回去，不過我認為繼續讓您擔任支援會比較有效率。』

「你的選擇是正確的，所以他離開多久了？」

『大約九小時。邱珩少先生在離開前替您注射最後一次麻醉劑，所以我花了點時間，好不容易才把您叫醒，雖然現在追上去應該是能勉強趕上……但礙於現況，可能有點困難。』

金屬球會這麼說，是因為小木屋區域原本配有代替步行用的高爾夫球車，但所有代步車的鑰匙孔都被破壞，無法使用。

很顯然，邱珩少是鐵了心不打算讓羅本追過去找他，可是他不知道，這點阻礙對羅本來說根本不算什麼。

「別擔心，我有其他辦法。」

羅本勾起嘴角，看上去自信滿滿。

幸好邱珩少把他丟在度假村，而不是路邊隨便一間破屋，這裡的資源可是遠比想像中還要多。

『……您打算怎麼做？』

「當然是從這地方盡量找能夠使用的資源，盡快去見那混帳。」

羅本轉身往路標指示的方向走過去，握緊拳頭，心情看起來不是很好。

看來邱珩少把他扔下不管這件事，讓羅本不太高興。

那個傢伙強行把他拉過來，卻又隨意將他扔棄，他可不是那種呼來喚去，隨隨便便就會被騙的笨蛋。

他必須追過去，然後當面給邱珩少一拳才行，只有這樣做他才能洩憤。

／

「醒醒，到了。」

在後座閉目小歇的邱珩少聽見這句話之後，慢慢睜開眼睛。

他抬起頭，與坐在駕駛座的黃耀雪四目相交，但很快便挪開視線。

邱珩少走下車，黃耀雪也跟著站在他身旁，不僅如此，在他們車子的正後方還有數輛同樣款式的黑色轎車，以及十幾名身穿黑色西裝，凶神惡煞的男人們。

這些人全是黃耀雪帶來的手下，完全不打算掩飾自己的身分，就算被人認出他們是黑手黨也不在乎。

果然，在他們出現後，引來不少打量他們的視線，但黃耀雪和邱珩少並不在意，畢竟他們是故意的。

他們抵達的是個位於湖泊旁的漂亮莊園，周圍有一大片的草皮，非常適合舉辦慶典或是運動遊戲等活動，莊園入口處有個接待所，所有客人的車輛都必須停在這裡，無法進入，而在進入莊園前，還得經過安檢掃描，不得攜帶任何危險物品。

邱珩少一行人在順利通過安檢後，進入大廳，顯眼的他們很快就成為注目焦點，大多數的人都只見過黃耀雪，所以對於走在黃耀雪前方帶路的邱珩少，充滿興趣。

「這個男人不是……『玩家』嗎？」

「沒想到竟然會在這裡見到他，真令人驚喜。」

「呵，果然長得還滿順眼的，我就是喜歡性格陰鬱的男人。」

在大廳內逗留的人們，不分男女，都開始對邱珩少產生高度興趣，因為這些人全都是資助「遊戲」的會員。

他們都曾親眼見過邱珩少是如何在遊戲中存活下來，對他的一舉一動都十分留意，就怕一個不小心被這瘋子殺掉。

黃耀雪雖然也是從遊戲中存活下來的玩家之一，而且與邱珩少同期，認識邱珩少的人，當然也知道黃耀雪，不過比起玩家身分，更讓其他人對他提心吊膽的，是他的黑手黨身分。

當時以玩家身分參與遊戲的黃耀雪，並不是張熟面孔，然而在幾個月前的黑手黨家族內戰事件中，他卻以現任老大繼承人的身分登場，不但率領手下穩定混亂的內部鬥爭，還確立了自己在家族中的地位。

在那之後，基本上已經可以確定黃耀雪將會成為下屆老大繼任者，黃耀雪的名字與面孔也漸漸變得出名。

在場的人們幾乎都是商業與政治相關的重要人物，不可能不知道這件事，所以黃耀雪出現在這裡，他們並不意外，意外的是那個自信滿滿走在前面的邱珩少。

原本從容不迫，只打算來休息的人們，在邱珩少出現後變得越來越僵硬，不自覺冒冷汗。

邱珩少面不改色地往前走，和黃耀雪一起穿過大廳後，踏入位於建築物後方湖泊位置的草地上。

這裡擺設相當多的圓桌與餐點，旁邊甚至還有樂隊演奏優雅的音樂，看上去就像是上流社會舉辦的茶會，氣氛相當優雅。

跟著他來到草地的只有黃耀雪，安全起見，所有隨行人員都只能待在大廳設置的小型宴會廳堂，所以黃耀雪的手下都留在那裡。

「這裡跟我們兩個真不搭。」

黃耀雪雖然參加過不少宴會，但這裡的氣氛明顯跟他去過的相比，還要來得古怪，在這裡的所有人看起來都不是來交流的，反倒像是在等待什麼，目光明顯集中在湖泊旁的大型舞臺。

而這也是他們來到這裡的主要目的。

「……邱珩少，你可別突然發瘋，要做任何事情之前都要先跟我說一聲。」

「你當我是瘋狗？哈，要不要在我脖子上繫項圈，把我牽著？」

黃耀雪真的很懶得跟邱珩少爭論，可是他們現在是冒風險踏入這裡，絕對要小心，萬一有個差錯，可不單單只是丟掉小命那麼簡單而已。

「我們來這裡不就是因為奧斯打算在這裡進行商品展示？」黃耀雪嘆口氣，無奈地問：「所以，你現在可以告訴我你究竟想做什麼了嗎？邱珩少。」

「你很快就會知道。」邱珩少轉頭看著朝他們走過來的男人，拿起放在桌上的香檳一口灌下。

剛把香檳杯放回原位，那名男人便面帶笑容地向他們打招呼。

「真沒想到會在這裡見到你，邱珩少先生。」男人雖然態度從容客氣，但說出口的話卻十分不友善，「明明我派人去見你的時候，你都沒有回應，現在卻突然出現在我面前，看來你還是跟過去一樣我行我素。」

「你也沒變，萊克。」

邱珩少一見到男人，臉色大變，毫不避諱地將不爽的心情表現在臉上。

男人微微一震，似乎沒想到邱珩少會這麼明顯地對他表現出不耐煩的態度。

邱珩少飛快掃過站在萊克身後的兩個人，他們接觸到邱珩少的視線後，紛紛尷尬撇過頭，連黃耀雪都能輕易看出他們相當心虛。

這兩個人看起來很不習慣這種上流社會的活動，應該是被萊克帶過來的研究人員，也就是說——布魯的情報是對的。

從小木屋離開前，邱珩少要求布魯調查奧斯的活動，得知他們最近將會展出最新的商品，也就是有缺陷的細胞研究。

奧斯隱瞞這件事，怕會影響商品的價格，畢竟已經有不少人透過主辦單位舉辦的遊戲，親眼目睹這項研究的價值，並表示願意購買，萬一研究不完整的事情傳出去，奧斯便會產生巨大的虧損。

所以他們才會突然急著找邱珩少，無論是動用武力把他抓回來，還是想辦法從他的手中竊取研究，他們都必須在商品開始販售前改掉這個問題。

只不過他們的計畫失敗了。

「你明知道我在找你，為什麼還要主動出現在我面前？」萊克上前一步，靠近邱珩少的耳邊，用只有他們聽得見的聲音低聲問：「是打算放棄掙扎，向我投降了嗎？」

邱珩少冷冰冰地瞪著那張傲慢的臉，忍住想要出拳揍人的念頭。

「你打算在這裡展示注射藥劑的怪物吧？我勸你最好別這麼做，你根本控制不住它。」

萊克聽完後，身體向後退回，拉開距離。

「我沒有愚蠢到會做出讓客戶陷入危險的事，實驗體都會被好好栓住，不會攻擊或是傷害到這裡的人。」

「那如果我說我有辦法讓它狂暴到擺脫控制呢？」

「……什麼？」

邱珩少相當滿意地看著萊克驚訝的反應，勾起嘴角笑道：「不然你以為我來這裡做什麼？」

「你！」

「這場宴會展示的商品應該不只有你們公司的實驗體吧？畢竟來到這裡的還有其他公司高層。我想想……要不然就把所有展示商品全部毀掉怎麼樣？」

「邱珩少，我勸你最好別打這種念頭。」

「要不然呢？你要殺了我嗎？」

「就算沒有你，我也能找其他方式來控制實驗體，只要想其他辦法來彌補研究缺陷問題就好，你別以為我會因為這點事就不敢殺你。」

「你的威脅對我來說一點用都沒有，省省力氣吧。」

邱珩少甩頭走遠，將咬牙切齒的萊克與慌張不已的隨行同伴丟下不管。

黃耀雪回頭看了對方一眼，有點不明白為什麼邱珩少要故意惹火對方，這樣做明明就對他們沒有任何好處。

「……邱珩少，你該不會是真的想動什麼手腳才過來的吧？」

「我對那種事沒興趣，只是看不慣那傢伙的態度才這樣做的。」

「那就好，我幫你處理的麻煩事已經夠多了，你要是還有點良心，就讓我喘口氣。」黃耀雪搔搔頭髮，接著問：「所以，你到底是來這裡做什麼的？」

「奧斯這次打算展示的商品，是第一個被注射強化細胞藥劑的實驗體。」

站在大量美食前的邱珩少拿起叉子，狠狠插進盤子裡的牛排，發出呵呵笑的聲音。

「哦……是嗎？」

「那是我親手注射的，我的第一個實驗體。」

「所以你是想要把那個實驗體搶回來還是？」

「不。」邱珩少看著從叉子裡慢慢流出的紅色血水，勾起嘴角。

「我要毀了它。」

這，就是他特地跑來參加這場令人反感的宴會的主要目的。

邱珩少並不在意自己的研究，也不關心別人想要怎麼使用它，可是奧斯的行為卻踩到他的地雷，讓他對復仇的念頭產生相當強烈的執著。

研究被霸占、散播關於他的不實謠言，讓他貼上犯罪者的標籤，並扔到那座該死的無人島參加什麼鬼遊戲——這些事情累積起來便成為了仇恨，邱珩少雖然一直在說自己是因為研究被霸占才會這麼不爽，但本人心裡很清楚，他是因為不爽被奧斯踩在腳下。

自視甚高的邱珩少，從未想過有人敢爬上自己的頭，尤其還是他認為沒什麼大不了的奧斯，一想到奧斯裡那些實力比他還弱，根本無法和他相比較的研究人員，還有那些慘不忍睹的商品，邱珩少就無法理解為什麼這樣的傢伙能夠理直氣壯地認為背叛他的決定是正確的。

這份怒火，成為他在島上逗留時的研究動力。包括主辦單位在島上使用的毒氣，都是他所製作的，那些比他愚蠢的人憑什麼自以為是地活著？

邱珩少本來就厭惡人類，而在經過這件事情後，厭惡變成了無視，對他來說殺人就跟踩死螞蟻差不多概念，他不可能因為走在路上踩爛一朵花而覺得悲傷或內疚。

漸漸對人命越來越麻痺、無感的邱珩少，再次產生有趣的念頭，是在見到左牧之後。即便那是他好不容易找回的一絲人性，但也不代表他的想法就會有任何改變。

隨著左牧身旁的人漸漸增加，他開始感到好奇。

這個男人彷彿有種奇怪的魔力，能夠吸引像他這樣的，包括兔子以及其他玩家，全都是不正常的危險人物，然而在這些人當中，卻少見地出現了一個正常人。

羅本。

一開始邱珩少並沒有記住這個人的存在，甚至沒有任何興趣，可是不知道為什麼，他偶而能夠從羅本身上見到過去的自己——不在意周遭其他人事物，只在乎自身利益的那個他。

在產生好奇心的那個瞬間開始，邱珩少發現他變得想要得到這個男人。

羅本的實力雖然不及明碩，卻很適合留在身邊擔任輔佐的職位，所以他想要羅本也對他產生興趣，就像照顧左牧他們那樣，留下來為他工作。

他知道羅本對他並沒有那麼在意，只要這件事結束，羅本很快就會離開他，回到左牧身邊，雖然對於沒能留住人才這件事感到可惜，但邱珩少知道，如果不是因為利益關係，羅本絕對會頭也不回地消失在他面前。

也許是太希望能夠把羅本留在身旁，邱珩少才會不顧他的身體狀況，強行帶著他到處跑，就算知道會遭遇危險也沒有停止。

為此換來的代價，就是讓羅本受了傷，因低燒而躺在床上休息好幾天。

其實邱珩少原本並不打算丟下羅本，可是他知道若不趁現在放手，羅本很有可能會再次因為他的計畫而死亡。

雖然並非本意，但他還是決定讓黃耀雪替補明碩不在的空缺位置，把布魯留在小木屋裡，等羅本醒來後由它護送羅本離開。

提早放羅本走這件事，並不在邱珩少的計畫之內，但就算沒有他，他的計畫也不會有任何改變。

隨著時間過去，越來越多人聚集在草地區，即便看起來在閒聊，可是所有人卻都有意無意地將目光瞥向空蕩蕩的舞臺位置。

十分鐘後演奏聲慢慢開始由一開始的響亮漸漸壓低，轉變為柔和的樂曲。工作人員們開始忙進忙出，一名看起來像是司儀的西裝男子走上舞臺。

所有人都很有默契地停止聊天，同時轉向舞臺，嘴角不由自主揚起。

——終於要開始了。

『各位先生、女士，很抱歉久等了。產品發布會即將開始，我們會依照順序將商品的實際模樣展現在大家面前，並配合各家公司所準備的介紹說明，活動將會連續進行，中間不會停止。等商品全部展示完畢後，有興趣的先生女士們可以直接洽詢提供商品的公司。』

司儀一邊說明，工作人員們一邊把蓋著白布的大大小小籠子推上舞臺。

另外還突然冒出身材壯碩的工作人員，以壁壘姿態站在舞臺前面，作為楚河漢界，保護在場所有人的同時，也禁止任何人靠近。

『由於部分商品具有危險性，所以請各位盡可能保持安全距離。』司儀說完後，舉起手指輕輕一彈，『那麼，請各位盡情欣賞這些產品。預祝各位有個美好的一天。』

彈指的瞬間，站在每個籠子旁邊的工作人員迅速將白布取下，新型槍枝、生物、科技產品等等，一口氣全部曝光在所有人眼前。

然而在這其中最為顯眼的，是蜷曲身體縮在鐵製籠子裡的男人。

赤裸的上半身傷痕累累，看得出來是受傷過後沒有經過治療，自行癒合後又再次受傷，看起來就像是毀損嚴重的機器。

男人全身上下只穿著一條破破爛爛的運動長褲，兩眼無神地屈膝抱著，安安靜靜地坐在籠子裡面，嘴裡喃喃自語，似乎在說些什麼，但沒人能聽得懂，反而比較像是擾人的噪音。

他的身體十分壯碩，四肢與軀幹都練出漂亮的肌肉，與身材不同的是，他的長相平凡，與那副好身材很不搭。

從外貌來看，他看起來像個十七、八歲的年輕人，臉上雖然也有許多傷疤，不過卻還是沒有淹沒那分稚嫩感，給人一種可怕又可愛的複雜感覺。

邱珩少一見到被關在籠子內的男人，瞬間精神奕奕，表情看起來相當興奮，就連站在旁邊的黃耀雪都嚇了一跳。

他從沒見過邱珩少露出這種表情，簡直就像是看著寶物般的小孩子。因為好奇，他順著邱珩少的視線看過去，發現竟然是個傷痕累累的男人。

「那該不會就是你的東西吧？」

「嗯……」邱珩少抬手遮住嘴巴，止不住想笑的感覺，開心到微微顫抖，「哈啊……沒想到能再見到他，我珍貴的『實驗體』……」

「呃！你那表情有夠噁心。」

「我現在心情很好，懶得理你。」

「你既然那麼滿意那個東西，那幹嘛剛才還故意說要毀掉他？」

「呵，你知道為什麼那些傢伙奪走我的研究那麼久，卻不是拿最新的『實驗體』出來展示，而是拿我的『實驗體』嗎？」邱珩少慢慢讓心情平復下來後，收起笑容，恢復成原本的冷漠表情，「因為我的『實驗體』狀況最穩定，想要隱瞞研究出狀況的『奧斯』，絕對不可能拿出狀況不穩定的『實驗體』。」

「原來如此，所以那些傢伙是想維持形象。」黃耀雪斜眼盯著邱珩少的胸口，「你冒風險偷偷帶進來的東西，就是要用在他身上？」

邱珩少沒有回答。

他拉開外套，從內裡口袋拿出一枝鋼筆。

「差不多該開始行動了。」

說完這句話，邱珩少便穿過人群，筆直走向保鑣築起的人牆。

大多數的人都還在聆聽舞臺上的說明，慢半拍才注意到邱珩少的奇怪行為舉止，原本還帶著輕鬆心態的人們，在看到邱珩少眼神閃閃發亮，興奮不已的笑容後，霎時間冷汗直冒，不由自主地往後退。

邱珩少與雙手插口袋、漫不經心的黃耀雪來到人牆前。

舞臺上的工作人員們停止說明，緊張地看向司儀。

司儀面無表情地注視邱珩少與黃耀雪，並不認為他們兩個人有辦法接近舞臺。

『請退回去，邱珩少先生。』

司儀以麥克風大聲呼籲，但邱珩少並沒有當回事，不予理會。

「滾開。」

邱珩少的身高與面前的保鑣同高，能夠平視對方的雙眼，直接給予威嚇。

保鑣面不改色，當然也沒有要退後的意思。

眼見對方不願配合，邱珩少也沒有表現出不耐煩的態度，因為他早就知道沒那麼容易。

他一邊將鋼筆夾在指腹轉動，一邊以嚴肅的口吻，最後一次警告對方。

「……我叫你滾開，沒聽見嗎？」

見自己的提醒再次被無視，邱珩少停止轉筆的動作，緊緊握住筆管，按下頂端的隱藏按鈕。

筆尖彈出細針，接著邱珩少便二話不說往對方的手臂狠狠扎下去。

這名保鑣終於有反應，但已經來不及。

邱珩少似乎往他身體裡注入某種東西，動作靈巧地在達成目的後便收手，沒給他機會抓住。

在旁邊待命的其他保鑣見狀，立刻衝上來，但是卻被緩慢接近的黃耀雪半路攔截，不讓他們有機會靠近。

黃耀雪仔細觀察人數與他們攜帶的裝備，用挑釁的口氣說：「看來你們為了不讓商品受損，沒有攜帶槍枝或其他危險武器，這對我來說是賺到了。」

「請讓開，黃耀雪先生。」

其中一名領頭的保鑣，咬牙切齒地開口規勸。

只可惜，黃耀雪根本就不打算聽話。

他們知道作為人牆保護來賓與商品的那些保鑣，絕對不會因為騷動而離開自己的位置，所以他只要處理好剩下的人就好。

而他很有信心，絕對不會讓這些保鑣傷到自己一根手指。

「我們很忙，所以只要你們乖乖地在旁邊看著，我就不會出手。」

「黃耀雪先生，我不是在跟您開玩笑。」

「怎麼？你們以為人多就能打得贏我？」黃耀雪扭動肩膀，露齒一笑，「要不要試試看？」

他的挑釁讓保鑣們忍無可忍，尤其是在發現那名被邱珩少用鋼筆攻擊的保鑣狀況有點不太對勁後，開始著急起來。

在無法調動其他人手的狀況下，他們只能強行突破。

兩名保鑣迅速上前，徒手和黃耀雪對打，可是黃耀雪卻利用靈活的腳步與輕盈的身段，輕鬆閃過這些人揮過來的拳頭，像條泥鰍，抓也抓不到。

泰然自若的黃耀雪像是在玩弄這兩個人，但他並沒有打算給對方太多時間攻擊，畢竟他們人數眾多，要是被拖住的話，剩下的人就會趁機接近邱珩少。

於是他在快速閃避後，抬腿踹這兩名攻擊他的保鑣的小腿肚，強迫他們失去重心，並在身體不穩定的狀態下彎曲膝蓋、旋轉身體，狠狠地用膝蓋重擊對方的後腦杓。

短短不到幾分鐘時間，兩名身材高大、比黃耀雪還要強壯的保鑣便被他揍倒在地，黃耀雪踩在其中一名保鑣的背上，朝剩下的人勾勾手指。

「我還沒熱身完，繼續。」

保鑣全部你看我我看你，全都被黃耀雪輕鬆放倒兩個人的速度嚇到。

見他們沒人敢出手，黃耀雪便笑著走過去。

「既然你們不想動，就乖乖站在那讓我揍。」

黃耀雪在衝向那群保鑣的同時，邱珩少那邊也已經開始騷動不安。

他注入的藥劑迅速在那名保鑣體內產生效果，原本就很高大壯碩的身軀，後背肌隆起，血管與青筋全都浮現出來，同時這名保鑣的臉色也漸漸變得蒼白。

滿身汗水、如猛牛般低聲喘息，口水止不住地從齒縫流下來，模樣看起來簡直就像是得了瘋狗病的人。

其他擔任人牆位置的保鑣全都嚇了一跳，這下子他們也顧不得原本的工作任務，迅速向兩側退開，其他賓客看到後也開始焦躁不安，所有人的臉上寫滿驚恐，唯獨邱珩少一個人冷靜地從這名保鑣身旁走過去。

在他踏上舞臺後，這名發瘋的保鑣突然張牙舞爪，衝向其他人。

其他保鑣都還沒回過神，反倒是臺上的司儀驚恐地抓住麥克風大聲斥吼：『還不快點阻止他！』

保鑣們聞聲後急忙撲過去，想要拉住發瘋的人，但他卻不知道哪來的怪力，兩三個人都抓不住。

一瞬間草地上的情況變得非常混亂，賓客們全都往回逃進建築物。

原本想要過去阻止邱珩少的萊克等人，也在看到那名保鑣的異常狀態後，不敢隨便靠近，趁亂混在人群裡，只能選擇撤退。

他們不可能為了一個實驗體而讓自己的性命陷入危險。

還留在舞臺的司儀與工作人員，全都不知道自己該留在原地還是應該先逃命，因為不管怎麼選擇，都是死路一條。

他們用畏懼的眼神看著邱珩少，深怕他還藏有那種奇怪的藥劑，不敢隨意靠近。

邱珩少毫無阻礙地來到鐵籠前，垂眸看著被困在裡面的男人。

「好久不見。」

男人對邱珩少的聲音有反應，呆滯地將頭抬起。

邱珩少從外套內裡口袋拿出另外一枝鋼筆，蹲下身。

鐵籠旁的工作人員看到邱珩少又拿出危險物品，嚇得往後退，衝過來阻止的反而是剛才大聲斥訊保鑣的司儀。

他臉色鐵青地站在鐵籠前，擋住實驗體。

「邱珩少先生……請您自重。」

「你是想跟那個東西一樣發瘋嗎？」

「……您現在的行為是在挑釁主辦單位，就算您是陳熙全先生的人，也不被允許這樣做。」

「滾開。」邱珩少睜大雙眼，縮起瞳孔威脅對方。

他的表情相當恐怖，讓司儀下意識瑟縮身體，可是仍沒有選擇讓開。

「您破壞了這場展示會，主辦單位不會坐以待斃。」

「我只是來拿回自己的東西，這是我跟萊克那傢伙之間的事，和你們沒關係。」邱珩少自顧自地說完後，稍稍停頓，用食指輕輕敲打下巴，改口道：「哦……這麼說的話其實你們都是一夥的，好像也不能說完全沒關係。」

他瞇起眼，起身後迅速靠近司儀。對方的身高比他矮半顆頭，被這樣的身高差壓制，反而讓人有種難以呼吸的錯覺。

司儀緊張地嚥口水，從邱珩少的眼中，他看不見任何希望。

「等我把萊克處理掉之後，接下來就輪到你們這些該死的傢伙了。」

司儀才剛被邱珩少威脅，突然就感覺到有隻手抓住自己的小腿，還沒反應過來，他就整個人被用力往下拽拉，整個人向前撲倒在地。

邱珩少彷彿知道他會倒下一樣，提前側身閃避。

「怎、怎麼回……啊！」

司儀恐懼地回頭一看，這才發現鐵籠裡面的男人竟然伸手抓住他的小腿。

原本黯淡無光、沒有精神的雙眼，突然像是開啟殺戮模式，充滿厲光。

此時此刻，關在這個籠子裡面的不是人類，而是野獸——不，更正確來說是怪物才對。

「不……不要！拜託你鬆手、放……放開我！」

怪物正在用想要把他撕碎一般的表情，虎視眈眈地盯著他，死亡的恐懼瞬間竄入腦海，讓人陷入慌亂。

但是他的懇求沒有被接受，司儀的身體被迅速拽進籠子，直到因為鐵欄杆空間不夠，大腿被卡住為止。

不過這樣就足夠了。

伴隨著司儀椎心刺骨的慘叫聲，他的腿骨被折斷，甩了出去。

其餘工作人員再也顧不得考慮其他事，倉皇逃竄。

一瞬間鐵籠全是鮮血與人體組織，腿被扯掉一半的司儀痛苦地躺在地上爬行，失去理智的他只剩下想要逃離的念頭。

邱珩少沒興趣地對鐵籠裡的人下達命令：「出來。」

強而有力的手臂抓緊鐵欄杆，不費吹灰之力將它折彎、扭曲，緩慢地從裡面爬出來。他的脖子上套有電子項圈，除此之外沒有任何束縛他的道具。

他呆呆地站在邱珩少面前，而邱珩少則是舉起握著鋼筆的手，扎進他的手臂。

男人敏感地抖了一下身體，沒有反應的臉龐突然變紅，開始大量流汗。他的雙眼布滿血絲，紅到幾乎將眼白淹沒，肌肉鼓動著，就像是擁有自己的意識。

突然間，混亂當中傳出槍響。

邱珩少還沒注意到發生什麼事，就先被男人舉起手臂護住。子彈打進他的手臂肌肉，沒有傷到邱珩少，但也讓邱珩少看清楚開槍的人是誰。

為了對付發瘋的保鑣，其他人重新配置武器後回到草地，並開始進行壓制，黃耀雪雖然也有被開槍攻擊，不過他拽起被他打暈的保鑣當作肉盾，安然無恙。

這發子彈被擋下後，對方又接二連三地開槍，可是這樣的行為卻惹怒實驗體，他以飛快的速度衝過去，無視那些打在自己身上的子彈，直接徒手碾碎武器、撕爛這些朝他們開槍的敵人。

看到實驗體竟然保護邱珩少，跑到舞臺邊的黃耀雪，好奇地問：「他為什麼不會攻擊你？」

「因為他體內的變異細胞是用我的細胞培養出來的，所以他自然認為我是他的『一部分』。」

「呃，好噁心……」

「這很普通吧？只是取自己的細胞做實驗而已。」

「我不是指那件事。」原本還想說什麼的黃耀雪，甩甩手放棄掙扎，轉移話題，「那些傢伙瘋了吧？他們現在是不想管其他商品安全，把這裡打成蜂窩？」

「這就表示我的研究具有的威脅度，遠超過其他展示品。」邱珩少自豪地回答，完全沒在管現在的危險情況，反倒相當滿意這個結果。

黃耀雪忍不住朝他翻了個白眼。

「我差點忘記，你是比那些傢伙更瘋的瘋子。」

「廢話少說。」邱珩少跳下舞臺，慢慢走到被鮮血染紅的草地區，看也不看那些被撕碎的軀體，左右張望，像是在找什麼。

黃耀雪跟在他身後，一下就明白他的目的，聳肩道：「奧斯的人在房子裡。」

「哼嗯——要不把房子燒了？」

「住手吧你，我知道你很不爽，但沒必要做到這種地步。」

黃耀雪極力阻止邱珩少做出過激行為，雖然不見得有用，可是他跟布魯一樣，都是負責監視邱珩少的人。

邱珩少沒有繼續說下去，意思就是他打消殺掉所有人的念頭，讓黃耀雪鬆口氣。

碰！

忽然，一聲沉重、強而有力的槍響聲從建築物的方向傳過來，黃耀雪敏感地迅速檔在邱珩少面前，留意周圍。

那些被主辦單位派來的保鑣已經被實驗體殺光，草地上只剩那些閃得很遠，離開實驗體視線範圍內的人們，以及兩名如怪物般強壯的實驗體。

槍口瞄準的並不是邱珩少，而是不久前被邱珩少注入奇怪藥劑，突變成怪物的保鑣。子彈貫穿他的頭部，留下瓶蓋般大小的槍傷，可想而知這發子彈的威力有多麼可怕。

被擊中的怪物化保鑣停止不動，當現場所有人都以為他下一秒就會倒地死亡的時候，邱珩少卻露出了笑容。

腦部的細胞與組織，如觸手般扭動著，沿著打穿的傷口邊緣迅速癒合，修復肌肉組織、填滿缺少的血肉。

癒合速度非常快，與此同時，怪物化保鑣也沒有失去意識或停止攻擊，反而把視線轉移到開槍的人身上。

負責扣下扳機的，是位於建築物旁邊，趴在草地上的狙擊手，他身穿綠色迷彩，與草地顏色同化，按照道理來說這些橫衝直撞的怪物不可能發現他們才對。

然而這個想法卻大錯特錯。

開槍就等於是曝露自己的所在位置，如果沒能一槍擊斃目標，那麼狙擊手將會陷入相當大的危險之中。

怪物化保鑣原本是打算衝進建築物，但在中彈後卻立刻轉往狙擊手所在位置，踏著「咚咚」的步伐聲，步步逼近。

狙擊手臉色鐵青，迅速起身，與此同時被安排在建築物屋頂與陽臺上的保鑣們也同時對著怪物開槍，然而卻都沒能成功阻止他放慢速度。

就在狙擊手拋下重型狙擊槍，轉身逃跑一小段距離後，怪物化的保鑣已經貼近在他身後。

他感覺得到自己的後背寒毛直豎，強烈的壓迫感讓他意識到，他即將面臨死亡。

——碰咚！

強而有力的拳頭從後方狠狠往狙擊手的頭部揮拳，狙擊手的腦袋瞬間被砸爛，倒地不起，任由怪物直接踩過他的身體跑過去。

其他保鑣都看傻了眼，但也沒忘記開槍射擊。

即使知道子彈對這些怪物來說根本一點屁用都沒有，但他們別無選擇。

開槍沒多久，突然一名站在陽臺上的保鑣被飛過來的物體砸中，腦袋直接碎裂。

其他人見狀當場愣住，因為他們沒有人看得見剛才飛過來的是什麼東西。

緊接著更多物體砸向陽臺，逼迫這些保鑣不得不蹲低，靠著掩體躲藏。

這時他們才終於看清楚那些砸向他們的是什麼東西。

那是一塊塊人體，頭部、手臂、甚至是內臟，而將它們作為攻擊武器扔擲過來的，是剛才在舞臺上展示的實驗體。

啪啪啪！

肉體砸在建築物上的聲音十分響亮，有些甚至還在流血，像是剛從人身體上拔下來的一樣。

雪白的建築物頓時被人血染紅外牆，不單單是那些保鑣，就連躲在屋內的人們也都看傻眼。

這、這究竟是什麼狀況——他們真的不是在作夢嗎？

邱珩少與黃耀雪站在亂成一團的宴會場，翻倒的桌椅、被人血與碎肉汙染的美食，讓這裡看起來就像是經歷過大屠殺。

實驗體並沒有攻擊他們兩個人，也讓他們在其他人眼中看起來，根本就像是隨身攜帶無敵星星，比怪物還要更像怪物。

然而，事情並沒有表面上看起來如此順利。

邱珩少雖然看起來漫不經心，實際上卻很仔細在觀察兩個實驗體的狀況。

他注入到實驗體與保鑣體內的東西是相同的，所以他對於他們會有什麼樣的反應跟結果十分感興趣。

畢竟那可是他改良後的新型細胞強化藥劑，而且注入到他們體內的還是未稀釋過的原液。

以結果來說，初次細胞強化的保鑣接受度看起來很高，而對於已經注入過藥劑的實驗體來說，則是有加強的效果。

「穩定性看起來還不錯。」

「搞什麼？這就是你的結論？」

黃耀雪忍不住抱怨。

眼前那麼多屍體，但邱珩少卻不在乎，只顧著觀察自己的實驗體。

就在他想著差不多該帶這個瘋子撤退的時候，耳夾式通訊器傳來聲音。

『快離開現場！』聲音十分匆促地朝黃耀雪說：『黑色懸日在那附近，請盡快撤離！』

布魯雖然人不在現場，卻仍擔任情報支援工作，替他們留意黑色懸日的動靜。

當然，他跟邱珩少能順利攜帶物品通過檢測系統的最大功臣也是布魯。

黃耀雪在聽見警告後，立刻靠近邱珩少。

「差不多該閃人了。」

他原本以為還得花點時間說服這根木頭跟他走，沒想到邱珩少竟然馬上乖乖跟過來，於是黃耀雪便透過通訊器和其他手下下達撤退指令。

這時，兩個實驗體的狀況開始變得有點不太對勁。

他們變得更加瘋狂、暴力，由於保鑣們的努力而無法殺進建築物裡，只好開始追逐逗留在草地區的人們，不過速度明顯比之前慢很多。

黃耀雪和邱珩少穿過人群，從外圍繞到建築物前方，回到停靠車輛的接待所，此時黃耀雪的手下們都已經把車開過來，在那裡等候。

然而，待在那裡的人並不只有他們。

奧斯的人早就已經埋伏起來等他們出現，一看到黃耀雪與邱珩少便立刻開槍，雖然兩人即時找到掩體躲藏，他們這邊的人也開始開槍反擊，但卻始終沒辦法接近車子。

「開槍！」

「不能讓他們離開！」

奧斯的人不斷叫囂，讓他們的人趕快上前壓迫。

「該死！這樣沒辦法離開。」黃耀雪一邊觀察對方的位置，一邊確認時機。

萬一被拖延到黑色懸日的人趕過來的話，那他們就會更難順利撤退。

「喂，邱珩少。你不是說那東西會保護你嗎？怎麼不過來？」

「因為時間差不多了。」

「時間？這是什麼意思？」

「我不是說過嗎？我是來毀掉他的。」邱珩少把玩著手中的鋼筆，垂眸道：「我剛剛給他注射的是過量的細胞強化藥物，那不是人體能夠承受得了的。」

「……哈，看來我們得自己想辦法了。」

「不用擔心，有人能解決這個問題。」

「你該不會還奢望羅本會來幫助你吧？」

「怎麼可能，他根本不知道我在哪，就算他想來，木屋周圍能夠移動的交通工具都被我處理乾淨了，他不可能趕得過來。」

「那你指的究竟是……」

黃耀雪話還沒說完，奧斯的人突然中斷射擊。

「呃！你怎麼！」

「住、住手！」

前幾秒還覺得自己占上風的人們，突然驚慌失措。

一名帶著笑臉面具的男人從奧斯的人手最後方出現，手中反握軍刀，以飛快的速度穿梭在持槍的人群中。

他們連男人的身影都沒看清楚，手指頭便被割斷，有些人則是被劃破眼珠、喉嚨，還來不及反應便已經大量噴血。

等到同伴被攻擊後，其他人才慢半拍反應過來，舉槍瞄準男人。

可是才剛扣下扳機，男人就消失在槍口前，瞬間出現在開槍的人面前，狠狠掐住對方的脖子，直到發出清脆的「喀」一聲脆響。

光是用單手就能將人脖子直接掐斷的強大力道，令其他人看傻眼。

「搞、搞什麼……」

「這傢伙該不會也是怪物……」

提問的人被男人奪來的手槍一一打穿腦袋，剩餘的人開始陷入恐慌而棄械逃亡，危機短短不到幾分鐘就因為這個突然冒出來的人而解除。

黃耀雪的手下全都看傻眼，而當他們看到男人轉過頭來的時候，全都下意識舉槍瞄準男人，深怕他會突然攻擊。

因為這個男人雖然帶著詭異的面具，但穿著打扮和奧斯的人一樣，所以他們不能因此大意。然而原本躲起來的邱珩少卻突然起身，雙手插在口袋裡，毫不在意地從黃耀雪的手下們身旁走過去，站在槍口前面。

沾滿敵人鮮血的男人抬起眼，像隻乖巧的狗狗，慢慢走到他身邊。

「做得很好，明碩。」

笑臉面具底下沒有任何回應，只是靜靜點頭示意。

黃耀雪舉起手示意手下們把槍收起來，苦笑道：「原來你說有人會來解決問題……指的是他。」

「嗯。」

「你不是安排他待在奧斯臥底嗎？」

「現在不需要了，因為那裡已經沒有我要的東西。」

明碩一開始被邱珩少安排去做的工作，就是進入奧斯成為保鑣，以他的資歷，邱珩少非常確定奧斯不可能會拒絕，也多虧明碩，他們能夠更快確認萊克的行動。

明碩雖然也作為殺手參與過主辦單位的遊戲，但身為面具殺手的他，並沒有公開樣貌，因此奧斯的人並不知道他就是邱珩少身邊的人。

當初邱珩少給他下達的指令，就是讓他臥底到將實驗體毀掉為止，所以明碩知道他的少爺將在今天帶他回家。

於是他重新戴起笑臉面具，再次成為邱珩少的保護者，將眼前的阻礙全部剷除。

黃耀雪雖然知情，但他並不知道邱珩少有向明碩下達這種指令，只能無奈嘆氣。

「上車吧，我們被那些傢伙拖延了不少時間。」

一行人迅速坐進車內，往通往市區的道路方向開過去，才剛開出莊園沒多久，突然就有幾輛軍用吉普車從兩側樹林裡開上道路，緊追在後。

「嘖！那些混帳果然是來拖延時間的。」

負責駕駛的黃耀雪咬牙切齒，奮力踩下油門往前衝。

前面有一輛領頭車，後面則是跟著三輛負責護衛的車，而軍用吉普車的數量不多不少，剛好和他們只差一輛，可是相較之下位置與機動性都比他們的轎車來得好。

軍用吉普車從左右兩側夾擊，並朝他們掃射。

子彈打在車身上，只留下凹痕，並沒有貫穿車體，玻璃也沒有受創。

他們駕駛的都是黃耀雪特地準備的防彈車，車體不僅等同於裝甲車構造，車窗甚至還有六層防彈玻璃，看上去只是輛普通的SUV車，實際上是個連炸彈都難攻破的防彈車。

但問題是，他們不能一直這樣被壓著打，現在的車陣如果被分散的話，軍用吉普車就能靠近，這樣反而更危險，必須得保持距離。

現在他們能做的，就是想辦法甩掉這些人。

這條路並不狹窄，雙向通行並且各有兩條車道，容納他們這幾輛車綽綽有餘，可是道路彎曲，周圍全都是樹林，駕駛技術若不好的話，很有可能會出車禍。

更棘手的是，他們很快就會離開樹林，到時候連接的是一大片的寬闊平地，對軍用吉普車來說相當有利。萬一被超前堵住的話，他們就會被前後夾擊。

速度不能降，也無法反擊，黃耀雪只能咬緊牙根和手下們用車內通訊器聯繫，確認下一步該怎麼做才好。

後座的邱珩少和明碩倒是很從容，彷彿不是很擔心。

「媽的……喂，我再來要加速了，你們坐穩。」

最後，黃耀雪決定以速度拚搏。

他們現在的位置距離市區並不算很遠，以他們這輛車的速度，絕對可以安全地開在軍用吉普車之前，在不被攔阻的前提下順利進入人潮壅擠的市區，到時候軍用吉普車上的人絕對不可能開槍攻擊他們。

如今只剩下這個方法可行，所以黃耀雪拚命加速，抓緊方向盤。

但是，他們都想得到的方法，對方又怎麼可能不知道？

這幾輛軍用吉普車似乎並不著急，也沒有打算搶奪前面位置的意思。

始終看向車窗外的邱珩少，發現軍用吉普車上的人搬出水管般粗大的砲管後，抖了下眉毛。

「……黃耀雪。」

「幹嘛！」

「那些傢伙打算把我們炸飛。」

一聽見邱珩少說的話，黃耀雪立刻看向車窗旁的後照鏡，果然發現對方架起火箭筒準備射擊。

這樣下去不妙，他們的目的並不是毀掉車子，是打算讓他們翻覆，無法駕駛！

瞄準他們的有兩個火箭筒，同時打過來的話，威力不小。

眼看對方已經準備射擊，黃耀雪一時真想不到解決方案，腦中一片空白。

就在他不知道該怎麼做才好的時候，一道黑影出現在前方道路，並以飛快的速度朝他們接近。

起先他看不清楚那是什麼，直到距離拉近，他才驚訝地瞪大雙眼，脫口而出：「那是……什麼？」

邱珩少與明碩也有看到黑影的面目，但比起那隻速度飛快的動物，更讓他們驚訝的是騎在牠背上的熟面孔。

一身輕便裝扮，揹著箭袋，手持美式獵弓的褐髮男人，以穩定的姿勢挺直背脊，拉開弓箭瞄準。

「咻」的一聲，箭矢射中軍用吉普車上扛著火箭筒的男人，從右眼貫穿腦袋。

所有人吃驚地看著騎馬射箭的男人穿過車陣，以反方向奔馳，但很快地男人便拉緊韁繩，讓馬匹轉向，緊追在後方。

「那是什麼鬼？」

「弓……剛才那傢伙是用弓射死了我們的人？」

軍用吉普車上的傭兵們全都感到不可思議，因為他們從未想過竟然會有人拿弓面對持槍的敵人。

看著男人用恐怖的表情從後面騎馬追上來，這些傭兵們開始感到慌張。

「開、開槍！」

「別讓他靠近！」

明明只是一個人，而且還是騎馬、沒有攜帶槍枝的狀態，但是卻成功讓傭兵們感到恐懼。

其中一輛軍用吉普車接近馬匹，後方的人舉槍射擊，但從馬鬃毛裡面鑽出來的金屬球卻跳出來，不知道用什麼方式擋住所有子彈。

與此同時，男人再次拉弓，並在停止射擊的空檔放箭。

第一支箭直接貫穿傭兵的腦袋，在放第二箭之前，馬匹突然迅速往左側加速，接近軍用吉普車的駕駛座位置，接著男人便對著車窗內的駕駛放出第二支箭。

駕駛死亡後，失去控制的軍用吉普車失控偏離，差點沒撞到同側的另一輛車。

這一幕讓所有人驚呆，這種射箭實力可不是一天兩天能夠練成的。

而對於自己的登場時機點十分滿足的男人，再次拉開弓箭，瞄準第二支火箭筒。

他勾起嘴角，在放箭前露出自信滿滿的笑容。

「我擅長的，可不只有狙擊槍。」

說完這句話的同時，放箭，箭矢以飛快速度成功貫穿坐在行駛中軍用吉普車上的火箭筒持有者。

隨著目標死亡後摔下車，騎馬放弓的男人恢復面無表情的態度，再次抓緊韁繩。

——該準備進行最後的收尾工作了。

合約八：天才狙擊手

『……您真的打算用這個東西當武器？』

金屬球裡傳出的聲音十分困惑，似乎不明白羅本究竟在想什麼。

沒想到羅本想到的辦法，竟然是去小木屋區旁的馬場挑選馬匹，之後又跑到隔壁的射箭場，仔細檢視美式獵弓，順便把能用的箭矢全部帶走。

所有的資料都沒有記錄羅本擁有馬術與射箭能力，所以布魯根本料想不到，羅本竟然打算騎馬去追邱珩少他們。

看著羅本熟練跨上馬背，將弓箭背在身後，抓緊韁繩蓄勢待發的姿態，透過金屬球觀看這一切的布魯，內心掀起波瀾。

他的個性過於理智、冷靜，所以時常被人說像是沒有感情的機器人，但他並不是沒有其他感情，只是不會輕易表現出來。然而羅本英氣煥發的模樣，讓他不自覺地露出笑容。

幸好他的身邊沒有其他人，所以沒人見到這珍貴的一幕。

『我有跟您說過邱珩少先生所在的位置，離那不遠？』

「九小時前離開去做準備的話，也不可能跑太遠，更何況他既然打算行動的話，就表示帶著一批人，人數一多，也不方便遠距離移動位置。」

『沒想到您竟然能夠透過我說的話，以及目前的情況，做出這些判斷。』布魯笑了笑，接著說：『您說得沒錯，邱珩少先生與黃耀雪先生所前往的目的地，距離度假村並沒有很遠，我現在就帶您過去。』

金屬球迅速飛走，羅本見狀，立刻騎馬追上去。

雖然羅本不認為自己很了解邱珩少的想法，但他覺得在這幾次轉移的時間裡，邱珩少大概已經決定好接下來的計畫，所以最後的位置，距離目標地點不會太遠，至少不是國外或是需要使用船隻或飛機才能到達的地點。

邱珩少直到最後一刻才決定把他留在小木屋裡，如果不是這樣的話，他大可在第一次轉移位置的時候，就把他扔在安全的地方，反正奧斯想要找的人是他，在目的達成前，不會在意他的死活。

在前進的路途中，布魯透過金屬球將邱珩少和黃耀雪真正的目的告訴他。

隨後連續騎了一個小時多的馬，才終於來到莊園所在地附近，原本他預估還需要一點時間才能抵達莊園，卻意料之外看見被軍用吉普車夾擊的黑色轎車。

因為有段距離，羅本不是很清楚這幾輛車是怎麼回事，直到聽見金屬球對他說：『您抵達的時間正好。』

「什麼？」

『我在和您一起行動的這段時間裡，也同時與邱珩少先生保持聯絡，不然您以為我是怎麼知道邱珩少先生的所在位置跟狀況的？』

「……哈。」羅本垂眸，不在乎地抓緊韁繩，沉下臉來，「廢話少說，我給你十秒鐘的時間解釋。」

『邱珩少先生與黃耀雪先生正在被黑色懸日追殺。』

「明白了。」

不用多說廢話，也不需要其他資訊來判斷，羅本迅速將弓箭取下。

「你靠近我躲起來，我需要你幫我擋子彈。」

『像之前那樣？』

「對。」羅本接著說：「你是利用音波震動的方式來阻礙子彈的，沒錯吧？」

『……是的。』布魯很驚訝，他摸著下巴問：『您怎麼知道？』

「這種手法很常在戰場上看到，我見過幾次。」

『呵，真是瞞不過您。既然如此，您為何還特地向我確認？』

「雖然說這樣做可以保護我不中彈，但會影響到我的攻擊。」

『哦——我明白了，您是希望我在您放箭的時候不要使用，以免影響到您的攻擊準度？』

「嗯。」

『但是羅本先生，這個方式要承擔的風險很高。萬一在您攻擊的時候對方同時開槍……』

「軍人上戰場，本來就沒有百分之百能夠保全自己不受傷的戰鬥方式，既然要出手，就必須得承受相對的風險。」

面對羅本大膽的行為，布魯並沒有拒絕。

雖然曾被稱為「幽靈狙擊手」，但這個男人並不如原本所想，只是個單純的輔助狙擊，他的智慧與膽量，遠超出想像。

在與布魯討論完這件事後，他們跟對方的距離也已經拉近到弓箭的射程範圍內。

羅本挺直背脊，在馬匹狂奔的狀態下放出弓箭，貫穿敵人的腦袋。

在這之後，羅本就像是個在原野上騎馬射箭的獵人，開始攻擊軍用吉普車上的敵人，布魯配合他的攻擊，隨時放出屏障替他阻擋子彈，這讓羅本看在那群傭兵眼中，簡直就像是刀槍不入的怪物。

不僅僅是敵人，就連負責協助他的布魯也看傻眼。

他明明是個情報商，然而卻完全沒有任何關於羅本擅長馬術以及射箭的相關資料，這個深藏不漏的男人，令他感到驚艷。

最後，羅本舉弓瞄準第二名手持火箭筒的傭兵，鬆開弓弦。

放出的箭矢沿著火箭筒擊中目標，再次準確無誤地除掉敵人。

他們明明持有步槍與火箭筒，竟然會被區區獵弓輾壓，這是在場所有人都沒想像到的結果。

傭兵們知道他們必須除掉馬背上的羅本，要是現在放走邱珩少的話，奧斯就很難有機會殺死他。

畢竟邱珩少的目的已經達成，奧斯所受到的損失，以及展示會上的殘局，需要花大量時間收拾整理，而且在這之後，陳熙全肯定會有下一步動作。

本來就想要瓦解主辦單位的陳熙全，絕對不可能錯過這次機會，而這也是為什麼他願意放邱珩少這個瘋子出來搗亂的原因。

可是突然間，黃耀雪駕駛的車輛突然急煞後轉彎，所有車全部跟著他，停在馬路中央。

傭兵們沒想到黃耀雪一行人竟然會突然停車，反應不及的他們在超過後立刻跟著轉向，當他們重新開往轎車停靠的路段時，卻發現黑色轎車的後座走出好幾名持槍的男人。

剛開始他們還沒搞懂那些人想幹嘛，直到他們看清楚槍枝的模樣後，猛然一震。

「媽的！該死，是Ｍ２０３！」

傭兵們迅速認出那把槍是下掛式榴彈發射器，它所發射的低速榴彈能夠輕易貫穿裝甲車，軍用吉普車在這把槍面前，完全沒有任何抵抗能力。

坐在駕駛座內的黃耀雪，透過後照鏡看見傭兵們再次煞車，立刻透過車內通訊向其他車輛下達指令。

「開槍。」

黃耀雪的手下們朝軍用吉普車連續發射榴彈，與此同時，剩餘的三輛軍用吉普車也迅速後退，想要拉開安全距離，但已經來不及了。

數發榴彈同時射擊，把三輛吉普車炸到塵土飛揚，火花與爆炸聲隨著黑煙竄出，湧入天空。

確認擊中目標後，所有人重新坐回車內，五輛車從被炸毀的軍用車旁邊呼嘯而過。緩慢跟在後面的羅本，見到滿身是血的傭兵從翻覆的車窗內爬出來，便面無表情地拉開弓箭。

咻！

箭矢貫穿倖存者的腦袋，直接送對方上路。金屬球確認過沒有任何生命跡象，才跟羅本一起加快速度，追上先行離開的車輛。

他騎著馬跟在黑色轎車後方，沒過多久就看到城鎮。

大多數的人都是用車輛移動，所以騎馬的羅本很快就成為目光焦點，這讓他有點不太習慣，雖然在郊區道路是無所謂，但進入城區後就不能再這樣做，所以黃耀雪他們先在郊區外一處空地先行停車。

先下車的黃耀雪看著隨後追過來的羅本，走上前。

「我沒想到你竟然會用這種方式追過來。」接著他單手抓住飄在旁邊的金屬球，對著它說：「你也是，布魯。你居然沒照邱珩少的話去做，反而把他帶過來，究竟在想什麼？」

金屬球以沉默代替回答。

黃耀雪氣得把它扔出去之後，轉頭對剛從馬背上跳下來的羅本說：「喂！你傷都還沒完全好，幹嘛不老實回去？反正你本來就不想淌這趟渾水不是嗎？」

「我討厭事情做一半。」

「你幹嘛這麼盡責？」

「不用擔心，該拿的錢我不會少拿。」

「哈……你真是……」

黃耀雪頭痛萬分，總感覺羅本在某些方面也滿不講道理的，但他又沒辦法說什麼，因為羅本及時出現，幫他們分散黑色懸日傭兵們的注意力，才能抓到機會一舉殲滅敵人。

「按照這個情況來看，奧斯暫時不會追過來。」

「黑色懸日也是？」

「派來的成員應該就只有剛才那些，其他成員接到消息後會怎麼做還不清楚。」黃耀雪抬起頭直視羅本，皺眉道：「你要小心點。」

顧名思義，黃耀雪是在提醒他留意黑色懸日的報復。

當然，羅本不可能不知道自己所必須承擔的風險，但老實說，他也沒有多少選擇。

「反正我本來就在他們的黑名單上。」

「……你覺得無所謂就算了。」黃耀雪說完，轉身走向駕駛座。

打開車門的時候，他回頭詢問：「你要跟我們一起走嗎？」

羅本看了一眼不知道什麼時候走下車的明碩，與他四目相交。

明碩很有禮貌地向他點頭示意，接著變回到車內坐好。

他知道明碩是在為他保護邱珩少的事情道謝，不過他其實並不是很想要這分感激之情，因為沒有什麼用處。

「既然明碩已經回來，那就表示不需要我繼續擔任保鑣的工作了吧？」

黃耀雪就像是早料到他會這麼回答一樣，勾起嘴角。

「布魯會安排送你回國的班機，不過你別再騎馬到處亂逛。」

這句話剛說出口沒多久，就有輛機車從城市方向騎過來，直接停靠在馬路邊。

駕駛下車後，將安全帽取下遞給羅本，和他交換手中的韁繩。

羅本明白這是黃耀雪的安排，便把弓箭和馬都拿給這個人。

「謝了。」

「不用客氣。」黃耀雪靠著車身，雙手環胸，「老實說，我沒想到你不僅僅是狙擊能力強，就連弓箭也能玩得很好。」

羅本好奇地歪頭，不明白黃耀雪為什麼突然這樣說。

見他一副滿頭問號的樣子，黃耀雪苦笑道：「我沒有其他意思，只是覺得你的實力真的很強。你是在哪練馬術的？」

「在戰場上，單獨行動的狙擊手通常是最容易被拋棄的。」羅本輕拍馬脖子，無奈嘆氣，「所以我得想盡辦法讓自己活下去，不管用什麼方式。」

「哈……哈哈，你的意思是說，你是在戰場上學會騎馬射箭的？」

羅本聳肩，沒有明說，但也沒否定。

黃耀雪雖然不清楚羅本究竟曾經經歷過什麼樣的戰爭，但跟想像中的有些差距，讓他感到意外。

即便羅本沒有兔子們那般輾壓他人的實力，不過和普通人相比也已經足夠優秀，他可以理解為什麼邱珩少會對他產生興趣。

連自視甚高、自我中心主義的邱珩少都想把它拉攏過來——

想到這，黃耀雪也忍不住產生想要羅本的念頭，但他很清楚，比起成為他的手下工作，羅本更適合待在左牧身邊，而且他也不可能跟左牧搶人。

「你還有什麼想說的嗎？」

羅本的表情就像是讀出黃耀雪的心思，嚇了他一跳。

黃耀雪尷尬地摳臉頰，左思右想後，決定放棄解釋。

「沒什麼，你回去前還要跟邱珩少打聲招呼嗎？」

「不了，反正我們之間也沒什麼好聊的。」

「那，我們過陣子見。」

黃耀雪意味深長地向他道別後，便開車率領手下們離開，而騎車過來的男人也果斷跨上馬背，跟在轎車後方離去。

羅本捧著安全帽走向機車停靠的位置，對他們的離去毫無留戀，甚至也沒有回頭看過一眼。

當他坐上機車，準備戴安全帽的時候，金屬球慢悠悠地飄回他身邊。

『您還真是冷血，都特地跑來救人了，怎麼不說句話再走？』

「我不覺得邱珩少是那種會跟人閒話家常的傢伙。」

『……雖然我不該多嘴，但邱珩少先生這麼做都是為了您。』

「我知道。」羅本抬起頭看著金屬球，「老實說，我覺得他既笨拙又好笑。」

『畢竟邱珩少先生從未對任何人釋出善意，老實說，我還得感謝您讓我看見這麼有趣的場面。』

這句話的意思，羅本可以合理推論布魯已經透過某種方式，窺探邱珩少在車內的表情跟反應。

可惜，他一點興趣也沒有。

金屬球見羅本不理會他，直接將安全帽戴好，發動機車，便急匆匆地說：『我帶您去機場，老闆的私人飛機已經安排好，隨時能起飛。』

「帶路吧。」

『您真的要直接離開？』

「除非邱珩少那傢伙沒有把酬勞匯給我，不然我沒理由繼續待在這。」

『好的，我會替您轉述。』

羅本沒有去深究這句話的意思，放在機車手機架上的智慧手機在顯示出導航路線後，催動油門騎上馬路，揚長而去。

車內的邱珩少透過後照鏡，看著機車漸行漸遠，直到完全看不到為止，都沒有移開目光，像是捨不得，但是從他的臉色來看，並不像是因為想要挽留羅本才表現出沉默不語的態度。

明碩取下面具，不敢揣測邱珩少的想法，但黃耀雪不同。他對於邱珩少這種把人強行帶來，沒有用處後就直接甩頭不理人的態度，感到心寒。

「你到底在想什麼？」

邱珩少收回目光，閉眼小歇。

黃耀雪知道他根本沒打算睡覺，只是不想面對他的提問，才故意裝睡。

於是他無奈聳肩，「雖然我早就習慣你這種沒良心的態度，但如果我是羅本，絕對不會就這樣輕易放過你。」

「我們本來就說好，在明碩回來前他要為我工作。」

「喂喂喂，就算是這樣也太冷漠了吧？我們又不是那種陌生的關係。」

邱珩少睜開眼，不解皺眉。

「你不是本來就不希望我把他捲進來嗎？現在到底在堅持什麼？」

「我的意思是，你好歹出去跟他說句話道別，明明他受傷接受治療的那段時間，你都待在床邊照看他，現在幹嘛故意還擺出一副不在乎的樣子？」

黃耀雪光是說出來都忍不住想要偷笑。

「你以後可別後悔。」

「閉嘴開你的車。」

邱珩少不耐煩地讓黃耀雪閉嘴後，轉過頭又看到明碩擺出一副不能理解的表情盯著他看。

他很討厭那種眼神，就好像是在評論他的行為是否妥當一樣。

於是他不爽地開口問：「你那是什麼表情？」

「總覺得我不在少爺身邊的這段時間，似乎發生了不少事？」

明碩心情有些複雜。

原以為他是離邱珩少最近、最了解他的人，沒想到有生之年竟然還會看到邱珩少擺出這種不知所措的表情。

他完全不能理解。

「您不是只是讓那個男人暫時頂替我的位置嗎？」

「你想說什麼。」

邱珩少很不耐煩，直接用命令的口吻說話。

被黃耀雪誤會就算了，怎麼連明碩也跟著他發瘋？

為什麼所有人都以為他是有其他私心，才會特別對待羅本？明明他沒有做出任何改變，也沒有特意挽留他。

「少爺居然會『照顧』人，這讓我有點受傷。」

「那傢伙死了對我沒有任何好處，所以我只是稍微留意了一點。」

「以後如果我受傷的話，少爺也能照顧我嗎？我死了對少爺也沒有好處對吧。」

「……少往自己臉上貼金了，你給我做好自己的工作。」

邱珩少目光閃爍著厲光，看就知道不能再繼續任性地討好處，畢竟這男人的脾氣說變就變，前一秒可能說想喝紅茶，後一秒就會改口說想要喝咖啡，這種難以捉摸、翻臉比翻書還快的性格，可不能隨便開玩笑。

明碩越想越委屈，他本來就已經很討厭吸引邱珩少目光的左牧，沒想到現在連羅本也入了他的眼，對他一點也不公平。

不過，他雖然不能動左牧，但羅本的話——殺了也沒關係吧？

沉著臉開始在腦袋裡打量暗殺計畫的明碩，乖乖閉上嘴巴。

黃耀雪聽見那傢伙又在低聲碎念，頭痛不已，他是不是該先跟羅本說一聲，好讓他提早做準備？搞不好下次見面，明碩就會直接衝上去攻擊。

想了想之後，最終黃耀雪還是決定裝作沒聽見。

要是羅本被殺，左牧身旁的位子就會空出來，那麼他就有機會能夠替補羅本不在的空缺，這樣想想也不賴。

轎車駛入市區，在熱鬧的車道行駛，兩側的建築與人群，總算讓人有種回到現實生活的感覺。

現在他們暫時不用奧斯，但邱珩少的復仇計畫只完成一半。

剛開始邱珩少是打算殺死洪芊雪，剷除被奧斯盜用的研究，而現在他們的目標只達成一半。

黃耀雪用食指在方向盤上輕輕敲打，思考過後決定直接確認邱珩少的想法。

「接下來要去收拾洪芊雪嗎？」

「不用。」邱珩少抬眸，轉頭看向車窗，「不管她再怎麼掙扎，奧斯也會把她處理掉，用不著我們出手。」

黃耀雪鬆口氣，這句話代表他不用再繼續跟著邱珩少這瘋子到處亂跑了。

他原本以為邱珩少在完成復仇目的後，會像是失去目標般覺得空虛，可是從他的態度來看，似乎並沒有如此。

「直接回陳熙全準備好的新研究室。」

「好好好，你這個老愛使喚人的——」

突然一聲喇叭長鳴從左側傳來，以超高速行駛中的卡車無視燈號，直接橫向撞擊黃耀雪駕駛的轎車。

速度快，撞擊力道格外可怕，瞬間就把邱珩少一行人乘坐的轎車撞飛。

車輛騰空飛起後翻覆，自轉幾圈，撞進到路旁的房子裡。

路人尖叫，其他幾輛車也跟著停下，深怕被捲進可怕的車禍當中。

肇事卡車筆直插進建築物的騎樓，穿過一樓玻璃牆壁，卡在裡面動彈不得。

事情發生得太過快速，原本安然無恙、如日常般沒有變化的平靜街道，瞬間變成可怕的畫面，而乘坐其他車輛的黃耀雪手下們，急忙停車衝下來，但卡車後方的貨櫃突然被踹開，數名手持步槍、全副武裝的人開始對手下們掃射，阻止他們靠近。

「該死！」

「快反擊！絕不能讓他們靠近！」

黃耀雪的手下們想要反抗，可是他們的火力卻比不過對方，只能眼睜睜看著那些人把滿頭是血的邱珩少從車裡拖出來，直接帶進從另外一側急速駛來的廂型車。

即便他們使用的是裝甲車等級的轎車，但在這種衝擊力道下，車內的人不可能還安然無恙，當手下們看見昏迷不醒、滿身是血的邱珩少被綁走後，大概也能猜想到黃耀雪會是什麼情況。

更不用說駕駛位置還是在首當其衝的左側。

這群不知道從哪來的武裝分子在把邱珩少帶走後，便直接撤退，黃耀雪的手下們眼看對方減少火力，便立刻衝過去想要阻止，但是已經來不及。

載著邱珩少的箱型車就這樣在他們的面前快速駛離，他們雖然想追過去，可是這群武裝份子竟然朝黃耀雪的駕駛座扔了顆手榴彈。

當下所有人震驚，不知道該逃還是該救人才好。

慌張無措之餘，黑色的人影突然出現在那些武裝份子身後，默不作聲地掐住其中一個人的脖子，將不久前扔進車內的手榴彈塞進他的嘴巴裡面。

武裝份子完全沒有發現這個男人的氣息，當注意到的時候已經太遲了。

男人把嘴裡塞著手榴彈的人扔向他們，「碰」的一聲，隨著手榴彈爆炸，那個人的頭顱也被炸成粉碎，其他武裝份子也因為被爆炸波及而四散。

這個令人背脊發涼的可怕男人，不是其他人，正是和邱珩少一起坐在後座的明碩。

明碩的頭在流血，大量鮮血沿著腦殼、臉頰流下來，他拿起緊握在手中、有些破碎的面具，重新戴在臉上。

接著他抬起頭，赤手空拳朝那群武裝份子衝過去。

「開、開槍！」

「別讓那瘋子靠近！」

武裝份子們似乎都知道明碩不是好惹的對象，紛紛開始射擊，明碩雖然渾身是血，動作卻一點也沒有受影響，以飛快的速度閃過所有子彈。

黃耀雪的手下們見狀，也立刻反應過來，舉槍朝武裝份子射擊。

「快把少主拉出來！」

「其他人開槍掩護！」

明碩的出現讓所有人重拾精神，雙方展開激烈槍戰。

雖然這裡並不是主要城市，人口數量不多、範圍不大，但他們還是得在其他民眾報案前盡快處理眼前的狀況。

多虧有明碩的協助，他們很快就占上風，沒有上箱型車、原本打算殿後的武裝份子們，很快就被面具男全數殲滅，最後只留下一個活口。

他掐住對方脖子，高高舉起，冷冰冰的眼神像是要把對方吃下肚。

「混帳……」

他聲音沙啞，並不是因為受傷，而是被憤怒淹沒理智。

就在他快要把這個人的脖子掐碎的時候，被手下攙扶著好不容易從車子裡出來的黃耀雪氣得大吼：「住手！明碩！」

明碩頭也不回，反而像是故意反抗般，加重手指力道。

黃耀雪見狀，急忙對他說：「我得知道是誰幹的，你把他殺了我們還得浪費時間去找人。」

明碩抖一下身體，像是被說服了。

他把人慢慢放下來，用力扔進黃耀雪手下們的手中。

黃耀雪見他一步步朝自己走過來，伸手拽住他的衣領，也沒有任何反抗，甚至阻止想要動手的手下。

他直視那雙快要噴火的憤怒雙眸，沒有絲毫恐懼。

「放開我。」

「少爺被抓走，你怎麼還能這麼冷靜？」

「別把氣發洩在我身上，如果你要繼續這樣亂吠，就會浪費更多時間。」

明碩似乎明白他的意思，這才稍微控制自己的憤怒情緒，鬆開手。

他取下面具，黑著臉威脅黃耀雪。

「如果少爺有個萬一，我第一個就先殺了你。」

黃耀雪輕扯被抓皺的衣領，哈哈苦笑。

「真是條了不起的忠犬。」

他當然會找到邱珩少，而且會盡全力。

畢竟要是邱珩少被殺死的話，對他也沒有任何好處。

不遠處傳來警笛聲，在手下們擔憂著急的目光圍繞下，黃耀雪轉身下令：「撤退！」

「是！」

手下們急忙回到車內，黃耀雪也把明碩拉上車，以免他又失去控制。

在警察抵達前，剩餘的黑色轎車急速駛離至安全地點。

黃耀雪直接連絡陳熙全，將邱珩少被擄走以及車禍現場的事情報告給他，雖然明碩沒有出聲，乖乖坐在他身旁，但咬牙切齒、充滿殺戮氣息的模樣，讓他的手下們緊張到不行。

掛上電話後，黃耀雪嘆口氣，轉頭對他說：「抱歉，我沒想到會被偷襲。」

幸虧他安排的車輛保護力十分足夠，所以即便被卡車高速撞擊，也沒有毀損嚴重，但因為衝擊力道過大，車子翻覆，他們才會受傷。

如果換做是一般轎車，他們很有可能已經骨折或是昏迷不醒，與此相比，光是只有挫傷和四肢疼痛的感覺，就已經非常幸運了。

在車體的保護下，他們都只是瞬間暈眩、無法保持清醒狀態，而那群武裝份子也知道這件事，所以才會在撞翻他們後，趁著他們沒有反抗能力，將邱珩少擄走。

「從他們只是把邱珩少抓走，而不是直接當場殺掉他的狀況來看，邱珩少一時半刻死不了。」

「……你不是負責保護少爺的嗎？這明顯是你的疏失。」

「我不否認確實是我的失誤，但這也代表一件事。」黃耀雪拿出手機，快速輸入訊息和某人交談，還不忘和身旁的明碩討論，「計畫這次綁架的人知道我們的位置，而且從展售會開始就在暗中觀察我們。」

「是奧斯？」

「不，他們才剛派黑色懸日攻擊我們，不可能這麼快就安排兩次突襲，時間上算來不對，而且剛才那些綁架犯看起來也不像是他們的人。」

黑色懸日不會隨便在人多的地方襲擊，這麼做風險太高，還會引來不必要的麻煩，像他們那種大型傭兵組織，不可能想要惹麻煩上身。

完成任務是他們的目的，但也不代表他們不會思考行動當下所需要承擔的風險，黑色懸日向來謹慎，所以黃耀雪很確信不是他們。

老實說，邱珩少的仇家太多，本來保護他就是件麻煩的差事，可是大部分的仇家都不會如此大膽地出手，畢竟這個人可是有陳熙全和他的家族庇護。

會對他出手的，就只有膽大包天的奧斯以及洪芊雪。

「你的表情看起來似乎已經猜到是誰出的手。」

「嗯……大概吧？」黃耀雪摸著下巴思考，在看見發出的訊息得到回覆後，便將手機放入口袋，「我先派人去追蹤邱珩少身上的追蹤器位置，剩下的等回到飯店後再做確認。」

聽見他說的話，明碩猛然轉頭，憤怒地瞪著他看。

「追蹤器?什麼追蹤器。」

「像邱珩少那種不知道心裡在想什麼的混帳，為了怕他到處亂跑，我跟布魯決定在他身上安裝追蹤器，平常不會啟動，但有需要的話可以透過布魯那邊來操控開啟。」

「你幹嘛不早說!那我們現在就要去救……」

「瘋了嗎?我們現在什麼都不知道，貿然跑過去救人反而會把所有人的性命都搭上去。」黃耀雪皺緊眉頭，不畏懼明碩的威脅，態度十分堅定。

他可沒瘋到會讓自己的手下去承擔風險。

「邱珩少一時半刻死不了，你不用擔心。」

「你為什麼能說得這麼輕鬆?」

「我跟你不同，我可不是他的忠犬。」

「只要我想，我可以現在立刻就奪車開過去找少爺。」

「但你不知道他的位置。」黃耀雪冷笑一聲，「布魯只會跟我聯絡，如果你殺了車上所有人，他也不會把邱珩少的位置告訴你。」

如果跟明碩硬碰硬打起來的話，黃耀雪知道自己絕對會被殺死，但他並不是完全沒有準備，就跟明碩這樣的危險人物待在一起。

雖然看起來好像很正常、沒什麼存在感，可是再怎麼說這個男人也曾經是面具型殺手，和兔子他們是一樣，是相當危險的罪犯。

眼看威脅不行，明碩知道自己無法輕舉妄動，最終只能乖乖閉嘴。

傷口仍在隱隱作痛，沒能來得及包紮而滲出的鮮血，染紅後座車墊，但現在他們都無心去顧慮去治療傷勢，因為現在他們的心情，糟糕到極點。

「……是不是該慶幸羅本沒跟我們一起走？」

看著車窗外的景色，黃耀雪長嘆一口氣。

至少這點，算是不幸中的大幸。

／

『羅本先生，您有一則通知。』

「別賣關子，有話直說。」

『……邱珩少先生被抓走了。』

原本高速行駛於馬路上的羅本，在聽到這個消息後緊急剎車。

明明剛分開沒多久時間，他怎麼樣也沒想到竟然會聽見布魯突然轉達如此讓人錯愕的情報。

他立刻停靠在路邊，將安全帽取下來，放在後座。

原本顯示地圖畫的手機螢幕，出現布魯的臉龐，即便他沒有打算跟對方通訊，但這臺手機卻像是完全被布魯操控一樣，由不得他選擇。

『三分鐘前邱珩少先生等人所乘坐的車輛遭到偷襲，黃耀雪先生和明碩先生輕傷，但邱珩少先生似乎因衝擊力道過大而暫時昏迷，被武裝份子挾持。』

「武裝份子？」

『是的。』

手機畫面快速轉換為照片模式，數張照片傳入相簿，並自動跳轉，讓羅本透過現場拍攝的照片確認狀況。

這些照片都是透過周圍的監視器所拍攝，所以並不是很清楚，畫質也有限，卻足夠讓羅本明白邱珩少等人究竟發生什麼事情。

「看起來有點像PTU或SOF……但應該不是吧。」

先不論裝備，這群人的行為跟開槍動作都是有經過訓練的，不過和職業軍人相比，還是有點落差。

雖然城鎮不大，但也是座城，這些裝備如果不是透過當地警方的特種部隊裡取得的話，就是其他參與軍事相關人員才有可能接觸得到的。

他的腦海裡瞬間閃過一張熟悉的臉龐，可是不敢保證是不是跟他猜得一樣。

『您似乎已經想到是誰下的手。』

「……只是沒有根據的猜測罷了。」羅本邊說邊重新戴起安全帽，催動油門再次騎上馬路，但卻突然轉一百八十度彎，往反方向騎過去。

布魯知道羅本這樣做的意思是表示他願意趕過去幫忙，於是便接著說：『我把邱珩少先生的位置傳給您。』

「你在他身上裝了追蹤裝置？」

『是的，追蹤裝置隱藏在他的皮膚組織底下，無法輕易取出。』

「他知道這件事？」

『知道，這是老闆當時跟他談判的條件之一。』

「有位置就好辦，我可以先過去看狀況。黃耀雪他們沒事吧？」

『黃耀雪先生會先回飯店一趟，因為判斷對方不會直接殺死邱珩少先生，所以不急著出手。』

「也對，要不然早就殺了他，根本不會浪費時間把他綁走。」

『我們希望您能先過去，在黃耀雪先生等人出手時提供幫助。』

「如果是我想的那個人，那對方肯定知道我會出現。」

『您是擔心自身安危嗎？』

「喂，沒看到我現在手邊連把狙擊槍都沒有？就連弓箭也被黃耀雪的人拿走了。」

『關於這點您不用擔心，我已替您安排好武器。』

「雖然我不覺得狙擊槍是隨時隨地都能取得的東西，但從你的語氣聽起來，似乎早就已經準備好。」

『是的，所以可能得請您調頭一趟。』

「什麼？」

聽到布魯說的話，羅本再次緊急剎車。

他停下來，一臉困惑地與手機裡的布魯對望。

「你這句話是什麼意思？」

『在安排送您回去的私人飛機裡，有為您準備的謝禮。』

「謝禮……嗎？」

羅本雖然知道自己這趟工作並不是當免費義工，但沒想到除了錢之外，還會收到其他禮物。

『那是邱珩少先生早就為您準備好的，請您直接收下即可。』

「意思是我還是得去機場一趟對吧？」

『是的。』

「唉……真是麻煩得要死。」

羅本沒轍，只能乖乖照做。

他第二次轉向，將油門催到底，以最快的速度騎往機場。

看來他跟邱珩少之間的孽緣，還沒完全結束。

黃耀雪重新組織人手的速度很快，在他跟明碩接受治療的時間內，便已經把前去救援邱珩少的部隊整理完畢。

這裡並不是黃耀雪所屬的黑手黨組織所在的國家，能使用的人力有限，但黃耀雪仍然能夠迅速找來二十多名手下，並將移動車輛、槍械武器等準備妥當。

明碩不得不佩服黃耀雪的影響力，看樣子陳熙全讓他來監視邱珩少，是有理由的，並不是隨隨便便就把這份麻煩的工作扔給他負責。

起先他對於黃耀雪說要重新集結人手，再去把邱珩少救出來的話不當回事，然而在看到現況後，他反而對於自己當初的不信任感到愧疚。

老實說，他不是很喜歡黃耀雪，畢竟本來霸占邱珩少身旁位置的人就只有他，其他面具型殺手在離開後，他就能獨占他家少爺，成為最受信賴的人，可是黃耀雪的闖入，卻讓他的地位受到動搖。

邱珩少明知道黃耀雪是來監視他的，但還是把他放在身邊，甚至給予信任，這讓明碩無法理解，並下意識對黃耀雪產生反抗的念頭。

直到現在，他才終於能用客觀的角度去評價黃耀雪這個男人。

「發什麼呆？準備好就走了。」

剛和布魯結束通訊的黃耀雪，走進擺滿武器的房間，隨手拿起一把手槍後，放入槍套攜帶。

他見明碩沒有拿武器的意思，便把旁邊的手槍扔過去。

明碩並沒有在發呆，所以他很快就能反應過來，順勢接住扔過來的手槍。

「拿好，別不當回事。到時候我可沒時間顧慮你的安危。」

「用不著。」明碩將槍收下，完全不著急地說：「你只要做好你的事就可以，我會去把少爺帶回來的。」

他們在治療的時候討論過要如何行動。

邱珩少的安危是第一優先，所以絕對不能輕舉妄動，冷靜下來後的明碩可以明白並接受黃耀雪的指揮，以及他提供的撤離計畫，但他並不打算完全照做。

根據布魯給予的情報，他們已經掌握那群武裝份子目前的所在位置，也大致確認過地形，入侵進去不是什麼太大的問題。

就算是要正面進攻，他也有十足的把握。

「要在他們轉移到其他地點前，把邱珩少救出來。」

黃耀雪依據經驗，知道目前武裝份子所待的地方並不是第一首選，只是臨時歇腳的安全屋，畢竟他們的行動很匆忙、沒有時間做更多準備。

缺乏縝密計畫的行動，具有相當高的風險，但既然對方願意承擔，就表示他們把一切賭在這次行動上面，不成功便成仁。

「已經確定是誰幹的？」

「嗯，跟我們猜的一樣，是洪芊雪。」黃耀雪邊嘆氣邊攤手道：「那群武裝份子是洪芊雪的私人傭兵假扮的，裝備跟槍枝好像是跟警局拿來『借』用。」

「意思是當地警察在暗中協助洪芊雪？」

「沒什麼好意外的，那傢伙再怎麼說都是個軍火商，私人企業、國家，甚至是反叛軍……那女人的人脈可是比我們想得還要複雜。」

話雖如此，但黃耀雪仍不明白洪芊雪是怎麼鎖定他們的位置。

看樣子跟黑色懸日勾搭上的，並不只有萊克，洪芊雪也是他們的客戶。

黑色懸日的成員十分斂財，就算沒有透過組織高層，傭兵們私自將這份情報拿去販售給其他買家也不是不可能的事。

很有可能在他們接受奧斯委託的同時，內部成員正暗中把情報透漏給洪芊雪。

這樣就不難理解洪芊雪為什麼能躲過奧斯的追殺，順利逃離。

但他聽說洪芊雪已經離境，到其他國家避風頭，既然如此她應該也會將自己的私人傭兵團帶走才對，難道說她出境只是個幌子，實際上她還留在國內？

這倒不是不可能。

布魯已經在著手確認，不過老實講，確認這種事情並沒有多大意義。

不管洪芊雪人在不在國內都無所謂，等他們把邱珩少帶回來之後，她的下場絕對不會比萊克好過到哪去。

「話先說在前面，你只需要負責邱珩少的人身安全就好，其他事情不用管。我的人會盡量協助你。」

上車前，黃耀雪不斷向明碩確認彼此的主要工作跟目的。

「洪芊雪如果真的在那，就交給我來處理就好，你一旦和邱珩少接觸，就直接離開，不用管我跟其他人。」

「知道了。」

「離開後直接開去機場，邱珩少不能再繼續待在國內。」

「飛機安全嗎？」

「那是陳熙全的私人飛機，不可能有危險。」

「……對方人數很多？」

「不，光靠我的人應該能解決得了，但在人數不足的前提下，他們可能會另外設埋伏，否則那女人不可能這麼果斷地出手攔截。」

「意思是……有陷阱？」

「可能吧，但還是要到現場去才知道。」黃耀雪自信滿滿地說：「不過我們不必太過煩惱這些問題，按照原本的計畫行動就好。」

明碩覺得黃耀雪似乎還隱瞞著什麼，可是他沒有興趣知道。

反正只要照計畫執行就好。

兩人上車後，車輛迅速載著所有人離開，前往邱珩少安置的地點。

加上原有的人手，少說也有三十人左右的陣仗，開在馬路上特別顯眼，可是黃耀雪現在根本無心去顧及周遭路人對他們的想法與猜忌。

黃耀雪等人出發的時候，已經早一步抵達囚禁邱珩少地點的羅本，將機車停在兩條街外的路邊，背著黑色長方形箱子，快速往已廢棄的建築物移動。

這裡是距離鬧區不遠的工業街道，大多數的廠房正因為裁員問題而被棄置，不但荒涼，周圍也幾乎沒有什麼人經過。

職員、工人，甚至是負責操作機器的作業員全部都不在，安靜到像是被拋棄、沒人居住的荒廢街區。

其中一棟五層水泥廠房，就是邱珩少被關的地點，也是那群武裝份子的安全屋。

羅本並不著急，也沒想著要單獨衝進去找人，畢竟他已經透過布魯，事先得知黃耀雪等人的計畫，他只需要作為狙擊手協助配合就好。

他很高興終於能做點自己擅長的工作。

環顧周圍地形與建築物位置後，羅本爬到廠房正對面的等高大樓樓頂，這個位置雖然太過顯眼，對狙擊手來說不是很安全，但除此之外沒有比這裡更適合狙擊。

另外還有個麻煩的問題，那就是廠房的窗戶不多，大部分都有點小，視線不是很好，狙擊難度會有所提升。

即使他有事先讓布魯轉達，希望黃耀雪他們如果遇到危險，就盡量往窗邊位置移動，但能狙擊的空間仍然有限。

布魯所說的「謝禮」，是跟他慣用的狙擊槍同型號的槍種，但這把槍並沒有足夠的穿透力，所以水泥牆面對他來說是相當棘手的阻礙。

就算這些並不影響他的準度，卻會影響他能夠打掩護的範圍。

一邊在腦海裡快速規劃、牢記周圍，一邊將箱子內的狙擊槍取出，快速組合完畢，在前置作業完全結束的同時，始終跟隨他的金屬球傳來最新消息。

『黃耀雪先生將於五分鐘後抵達。』

「看來他們的位置離這裡不遠。」

『是的，這對我們來說反而是好事。』

黃耀雪等人暫時落腳的位置，離工廠不是很遠，只不過邱珩少待在裡面已有段時間，在無法掌握內部情況的前提下，他們很難得知邱珩少的狀況。

「邱珩少被關在哪個位置？」

『三樓正中央的房間。』

「……有點讓人意外？我還以為會是角落。」

那個位置確實不好處理，而且從這個角度看不見的話，應該是沒有面向街道的那側。

從剛才開始，工廠內就沒有什麼動靜，門口甚至沒有人看守，按照這情況來看，不是人手不足，就是他們故意埋伏起來。

既然黃耀雪打算正面衝進去的話，那麼應該沒有什麼問題。

「布魯，你先離我遠點。你在我旁邊晃來晃去，反而很容易害我被發現。」

『知道了，那我——』

原本想讓布魯先轉移位置，但兩人之間的對話才進行到一半，羅本突然像是察覺到狀況不對勁，迅速伸手把金屬球抓進手中。

下一秒，子彈呼嘯而過的聲音把他們嚇了一大跳。

羅本救下金屬球之後，將它塞進口袋，冷汗直冒看著站在通往頂樓樓梯通道口門前的男人。

他舉起裝備消音器的手槍，槍口冒出白色煙霧，足以證明剛才開過槍。

男人對於沒有打中金屬球表示可惜，他輕鬆地跨過羅本事先安置在門口靠近地板位置的陷阱繩，一步步拉近距離。

羅本用狙擊槍對準男人，但對方卻不以為然，甚至還開始開心地哼歌。

「我們多久沒見了？幽靈，真高興能夠在這裡見到老朋友。」

男人的左臉有著明顯燒傷，手臂、脖子都有多處傷痕，看起來曾受過非常多次傷，並且沒有經過妥善治療，導致留下這些怵目驚心的傷口。

他吊兒郎當的態度，絲毫不在意羅本會不會朝他扣扳機，以戲謔的口吻向他打招呼，彷佛彼此是許久未見的舊識。

但這不過是一廂情願，羅本可不這麼認為。

甚至在對方登場後，他一下子就明白瞞著黑色懸日高層成員，私下將情報轉賣給洪芊雪的傭兵究竟是誰。

「安塞……果然是你這混帳。」

樓梯口湧入許多持槍傭兵，他們一個個無視羅本在門口安裝的地雷陷阱，迅速封鎖他的退路。

所有人同時舉槍對準羅本，這個距離以及位置，羅本很清楚自己逃不了，只能沉默不語，將狙擊槍慢慢放下來。

「……嘖！」

他皺眉掃視這群人，舉起手表示投降。

明明在來這裡之前就已經讓布魯確認過有沒有其他人，看來只用監視器畫面加上肉眼，很難完全保證沒有注意到死角。

安塞和這群傭兵十分清楚監視器的死角，事先躲在這棟大樓裡埋伏，因為他們知道這個地方是最佳的狙擊位置。

羅本無法否認自己確實有些大意，但埋伏他的人遠比預期還要多，這點倒是讓他感到意外。

「這麼多人應該不會是來抓我一個人的吧？」

「我們原本就打算在這裡安排狙擊手，沒想到你會突然跑來。」

「原來如此……看來你也覺得這位置不錯？」

「少在那邊嘻皮笑臉的，幽靈。」安塞沉下臉來，冷漠地說：「當初你拒絕我們的挖角，結果卻換來被同伴背叛的命運，曾經如傳說般強大的狙擊手，現在也不過是個活在其他人陰影下的黑影。」

羅本聳肩，並不認為這番話對他有任何殺傷力。

「拒絕又怎麼了？我說過很多次，我跟你們組織的調性不合。」

「你所掌握的技術若能夠奉獻給組織，我們的實力就不止如此。」

「……你現在是在拉攏我入夥嗎？」

「不。」安塞稍稍抬高下顎，態度十分傲慢，「我不在乎你的想法，幽靈，反正你別無選擇。與其在那種瘋子底下做事，還不如跟著我，黑色懸日不會虧待你的。」

說那麼多廢話後，最終還不是貪圖他的實力？

羅本早就猜到對方的想法，大概是因為他出現在邱珩少身邊的關係，黑色懸日誤以為他是邱珩少的人，才會認為比他更具有優勢的黑色懸日這次肯定能成功拉攏他。

只可惜，這些人根本大錯特錯。

他跟隨的男人，可不是那個瘋子，而是左牧。

「看來你們組織的情報能力還是老樣子糟糕到極點。」

「……什麼？」

「安塞，你認為自己私下販售委託人的情報給其他人的成員，會遭受什麼樣的處分？黑色懸日高層那些人，不會輕易放過你的吧。」

「只要不做出對組織有害的事，這種根本不算什麼背叛，而是正常交易。」安塞攤手搖頭，很不屑羅本的指責，笑嘻嘻地說：「洪芊雪那女人給的價碼比奧斯好很多，既然有錢，幹嘛不賺？」

「沒想到黑色懸日已經腐敗到這種地步。」

他曾聽說黑色懸日不久前發生過內鬥，看來在那之後的組織高層成員，已經被大換血。

不過，他本來就不打算說服這些傢伙，只是打算拖時間而已。

金屬球慢慢從他背後向上飄浮，已經做好準備。

接下來——就是想辦法從這些傢伙手中逃走。

正當羅本思考下一步該怎麼做的時候，車道傳來轎車的引擎聲。

他斜眼睨視，看見黃耀雪等人從車內衝出來之後，直接進入對面大樓。

「嘖，時間不多了。」

他必須立刻就定位，沒時間再跟黑色懸日的人鬼混。

黃耀雪將掩護工作交給他，就是不希望事情發生變卦，畢竟他的狙擊能力遠超出黃耀雪的手下們。

「看來客人們已經抵達。」同樣聽見車輛引擎聲的安塞，舉槍瞄準羅本的腦袋，「真可惜，原本我是打算在那些人抵達前說服你，讓你加入，但既然你仍不接受組織的邀請，那麼我也只能在這裡除掉你。」

果然，黑色懸日打算殺死他。

對這個結果一點也不感到意外的羅本，沉下臉來，並沒有任何反抗。

安塞勾起嘴角，看著沒有任何反抗能力的羅本，心情十分愉悅。

「永別了，幽——」

話才說到一半，羅本身後的牆壁下方突然有道黑色身影高高躍起，並以肉眼無法捕捉的速度，從羅本旁邊跑過去，握緊拳頭、露出殺人般的血腥目光，朝安塞的鼻子狠狠揍下去。

所有人都沒看清楚這個人的動作，來不及反應，回過神來的時候安塞已經向後飛遠，撞擊在樓梯口旁邊的水泥牆。

水泥牆瞬間龜裂，而安塞也因為強烈的衝擊昏死過去，整個人癱坐在地。

其他傭兵全都被這突如其來的狀況嚇一大跳，就連羅本也傻眼。

他張著嘴巴，傻楞楞地看著熟悉的身影，冷汗直冒。

「黑……黑兔？你怎麼……」

黑色髮絲下的鮮紅瞳孔，迅速掃視這群被他嚇到的傭兵，抖抖鼻子，心情糟糕到極點的他，面部糾結，咬牙切齒。

傭兵們感受到自己的性命遭受威脅，紛紛舉起槍，將瞄準對象轉移到黑兔身上。

黑兔並不在意，就算被他們包圍也無所謂。

兜帽下的眼神十分凶惡，這讓傭兵們感覺自己面對的不是人類，而是猛獸。

他們還來不及思考這個突然冒出來的男人究竟是怎麼爬上樓的，黑兔便再次從這些人的視線中消失。

瞬間找不到目標的傭兵們，相當慌張，雖然知道黑兔並沒有離開，但是他們卻看不見那個人的動作與位置。

「呃！」

「搞什……」

「嗚哇！救、救命！」

傭兵們一個個倒下，甚至有些人在發出聲音前就被徒手捏碎脖子。

他們的人數漸漸減少，根本沒有任何反抗能力，就像是被困在牢籠裡的迷途羔羊，等著迎接死亡的結局。

黑兔的速度太快，快到他們沒有時間開槍，伴隨著同伴們慢慢死亡、倒地，強烈的恐懼壓垮在僅存的傭兵身上。

終於，放棄掙扎的傭兵們轉身逃往樓梯口，打算離開這個可怕的地方，但慌亂中完全忘記羅本在樓梯口安裝的炸彈，將陷阱線踹斷的瞬間，樓梯口旁的手榴彈被引爆，結果這些愚蠢的傭兵就這樣被捲入爆炸。

幸好羅本反應還算快，在發現那些失去冷靜判斷的傭兵打算逃跑後，就跟金屬球靠牆蹲低，所以沒受到什麼影響。

他是有算過爆炸規模的，那種程度頂多只能把樓梯口炸毀，只要距離夠遠就能確保安全。

羅本搖搖頭，看著背對爆炸，雙手沾滿鮮血的黑兔朝自己走過來，不由得嘆氣。

「你怎麼會在這？」

「大叔要我過來的。」黑兔抬起頭，眨眨眼，「只不過出門買個食材而已，你為什麼跑到這麼麻煩的地方來？嘖……還受了傷。」

「有味道？」

「我鼻子靈得很，就算你包紮、治療過，我也還是聞得到你身上有血的味道。」

雖然名字是黑兔，但這傢伙卻跟條獵犬一樣，敏感得很。

羅本並沒有打算隱瞞，聳肩道：「別在意，只是小傷。」

會被黑兔稱為「大叔」的，只有陳熙全，不過他很意外，沒想到陳熙全竟然會替他搬援兵，難道是因為狀況比想像中棘手？

羅本還有些問題想問，但現在不是時候。

他急忙轉身，重新將狙擊槍擺好位置，小心翼翼觀察對面大樓的狀況。

看起來大樓內已經開始交火，槍聲大作。

黑兔跳到旁邊的牆壁上方，蹲下來側頭盯著羅本看。

他的視線讓羅本倍感壓力，但現在只能選擇無視。

「吶，你這傢伙幹嘛擅作主張跑到這裡來？」

「有話能不能之後再說？現在我很忙。」

「忙什麼鬼？你知道我等你的馬鈴薯燉肉等多久了嗎？」

「等這件事結束後我就會回去做給你吃。」

「現在我不想吃那種東西了，我要吃威靈頓牛排。」

「……不是，你這難度一下子也跳得太高！」

黑兔伸手遮住羅本的狙擊鏡，把臉貼近。

眼看兩人之間的臉距離近到快能碰觸到鼻尖，羅本實在不知道黑兔想幹嘛。

「我說了別打擾我。」

「喂，是不是只要把那該死的傢伙救出來，你就能回去？」

「什麼？」羅本大驚，「陳熙全跟你說的嗎？」

「大叔只說你需要幫忙，所以我才會過來。」黑兔雖然現在才來，對於現在的狀況一點也不了解，可是在看到羅本打算掩護對面大樓裡的人之後，他很快就反應過來。

黑兔伸伸懶腰，岌岌可危地站在牆壁邊緣上方。

「你什麼都不必做，我來就好。」

說完，黑兔便往前跨一步，整個人瞬間下墜。

羅本被他的舉動嚇一跳，急忙趴在牆壁往下看，卻發現自己的擔心根本是多餘的。黑兔在下墜後迅速翻身，雙腿穩穩踏在停靠在路邊的車頂，並以飛快的速度從外牆爬到對面的工廠大樓，從三樓窗戶鑽進去。

他根本就不知道邱珩少被關在哪裡，可是看他的行動，就好像很確定他的位置在哪一樣。

難道這也是靠「嗅覺」？

羅本慢慢放下狙擊槍，因為他知道邱珩少的救援任務絕對不會有問題。

／

咚咚。

雙腳一前一後踏進工廠走廊，髒亂荒廢的空間，到處都是積水與雜物，牆壁被各種顏色的噴漆塗鴉，甚至還有食物殘留的痕跡，種種跡象表現出這棟廢棄工廠並非完全沒有人出入。

黑兔哼著歌，雙手插入口袋，開心地大步前進。

難得得到「命令」，讓他心情好到起飛，對他來說處理那些傭兵根本就是小事一樁，所以並沒有特意隱藏自己的存在。

刻意發出聲音的行為，果然引起在三樓巡邏的武裝份子的注意。

他們迅速趕過來，但才剛過轉角，就和正面衝上前的黑兔撞個正著。

「什、什麼？」

「這小個子是從哪……」

不等對方說完，黑兔的手便伸到他面前，一拳狠狠打碎對方的鼻梁骨。

站在旁邊的同伴都還沒反應過來，就被黑兔橫掃過來的小腿擊中頸部，整個人往旁邊飛出去，滾好幾圈，直到碰到牆壁才終於停下來。

在黑兔雙腳重新踏回地面後，走廊正對面出現更多敵人。

與這兩個毫無準備的人不同，這些人排成前後兩行，舉槍對準黑兔。

碰碰碰！

碰碰——

連續擊發出的子彈，全部瞄準黑兔，但是卻沒有一發擊中他的身體。

黑兔不懼怕槍林彈雨，甚至連眼睛都沒眨，臉上展露狂妄的笑容，像個瘋子一樣鑽入敵陣。

即便只有一人，但所有武裝份子仍因為恐懼而迅速往左右兩側退開，槍口至始至終都緊盯著黑兔，沒有移開過半秒。要是不這樣做，他們很怕自己會在毫不知情的狀況下，莫名其妙被這個男人殺死。

他們的顧慮是正確的，因為這名身穿黑衣、不知道從哪鑽進來的男人，根本不是他們這種普通人能夠應付得來的敵人。

「你、你是『困獸』？」

當其中一個人提起這兩個字之後，其他人明顯有些慌張。

黑兔抬眸，迅速掃視這些人，就算他們戴著頭盔、看不清楚面孔，但他仍能夠感受到畏懼他的氣息。

既然知道「困獸」，就表示這些人的雇主肯定不是什麼正常人。

「我們就別浪費彼此的時間。」黑兔攤手聳肩，「我的目的只有一個，所以別妨礙我。」

他原本以為好言相勸就能讓這些人乖乖配合，但是這群武裝份子卻始終沒有把槍放下來。

不知道他們是嚇傻了還是沒有放棄的意思，黑兔在看到他們堅定的動作後，放棄溝通。

他可以聽見底下傳來吵鬧的聲音，人們的吆喝、開槍聲，以及夾雜在空氣中的鐵鏽與血腥味道，看樣子樓下也滿熱鬧的。

就算不管這些人，對黑兔來說也沒有多少損失，反正他的目的只有一個。

這些武裝份子用槍對準他這麼久，都沒敢扣下扳機，就表示他們不會攻擊。

十分篤定、對此自信滿滿的黑兔，自然地從人群中走出去。

所有武裝份子目送黑兔走遠，連呼吸都變得困難不已。

「不想死的話就老實待著。」那名最先認出黑兔身分，同時也是小隊長的傭兵，率先把槍口垂下，喉嚨乾啞，難以吞嚥。

他向其他隊員下達指示，是因為他不希望自己的人因為實力差距而枉死。

雖然他們是洪芊雪的私人傭兵團，但也沒有對那個人忠誠到願意賠上自己性命的程度，更不用說他早就已經對洪芊雪沒有什麼信任度了。

打從那女人落入陷阱，成為奧斯的眼中釘之後，她的勢力便大幅下滑。

洪芊雪所屬的家族勢力非常強大，不過他們家族只喜歡有用途的孩子，即便是知名地下軍火商的親生女兒，也不見得與家主地位相當，更不用說，現任家主根本就不缺兒女，就算少了一個，也不會有任何感覺。

「隊長，您是打算背叛老闆嗎？」

「說什麼背叛。」男人苦笑，轉頭看向對面大樓樓頂，「傭兵可從來就沒有『忠誠』可言，我們又不是軍人，只要對自己負責就好。」

哪有錢賺，他們就去哪。

就算被說無恥、隨波逐流，也不會有任何感覺。

因為他們只是拿錢辦事的上班族，除賺錢之外，最重要的就是想辦法保命。

「你認為我們和困獸打，能活得下來？」他別有所指地示意其他人去看剛才被黑兔打倒的兩人，「不管你們怎麼想都沒差，我可不打算再繼續跟著那個膽小的大小姐。」

其餘武裝份子你看我、我看你，似乎有點被他說服。

「隊長，從剛才開始你為什麼一直在意窗外？」

不久前對面大樓傳出爆炸聲，導致他們全部跑到走廊巡視，雖然很在意那棟大樓樓頂究竟發生什麼事，但因為洪芊雪堅持要他們不准離開崗位，所以只能提心吊膽，比之前更加留意周圍動靜。

當他們聽見三樓傳來詭異的哼唱歌聲時，還以為見鬼了。

誰會想到竟然有困獸偷偷溜進來！

其他隊員心裡想的，和這名隊長腦袋裡的念頭完全不同。

他知道洪芊雪僱用黑色懸日的人作為雙面臥底，這麼做風險極高，可是洪芊雪並不在乎，就算花再多錢也願意。

而回應她的委託並接受的，是名叫安塞的男人。

雖然他本來就不是很喜歡安塞，總覺得這傢伙無法信任，但洪芊雪卻仍沒有怨言地和他簽訂契約。

「不知道爆炸和那傢伙有沒有關係……」自言自語地低聲咕噥後，他轉過頭，將視線收回，向隊員下達指示，「我們走，得在這裡變得更混亂之前離開。」

說完這句話，他便獨自往撤退方向前進，跟他猜的一樣，隊員大部分都願意跟他走，看來洪芊雪確實沒有留住人心的能力，這麼容易就被所有人背叛。

不過，這之後的事也不是他能夠干涉的。

在這組武裝份子撤離後，黑兔完全不受阻礙，來到三樓中央的寬敞隔間。

這裡架設許多機器，死角相當多，獨自進入的話隨時都有可能受到偷襲，但這對黑兔來說並不是什麼太大的問題。

他有十足的自信，能在被攻擊前殺死對方。

機器間的走道十分狹窄，僅只能單人通過，同時也是最佳的偷襲機會。

當黑兔一走到大型機器之間，他立刻就可以感覺到隱藏在房間內的殺意，並仔細細數。

「兩個……三個……呵，還真是少得可憐。」

話剛說完，三名各自持有手槍與刀具的男人從機器正上方跳下來，同時向黑兔進攻，但黑兔卻輕鬆自若地向後彎曲身體，閃過揮向自己的刀刃，接著跳起來閃避瞄準他的子彈。

就像是要故意把他往這個方向逼一樣，第三名偷襲者瞬間出現在他撤退路線上。

黑兔看見那個男人配戴的黑色皮製手套發出藍白色的電光，短短不到一秒便得出不可以被他觸碰到的結論，可是對方出現得太過突然，他沒有辦法閃避，只能雙手交叉放在面前，強行用手臂阻擋對方的拳頭。

碰！

一聲巨響，黑兔因過於強勁的力道被打飛，重摔在機器上面。

這個力道不是開玩笑的，換做普通人恐怕早就已經骨折。

衣服不導電，但手套上纏繞的電流仍強勁到能夠穿透布料，接觸到他的皮膚。

雙手被電到麻痺的黑兔，緩緩起身。

連喘息的時間都沒有，持槍與刀的兩個敵人各自從左右兩側竄出，同時對他發動攻擊。

「嘖！」黑兔不快咂嘴，憑藉自己那輾壓敵人的超快速度，以及靈敏的身段，閃過攻擊，同時握緊拳頭，往這兩個人的腹部各來一拳。

內臟被擠壓，耳膜甚至能夠聽見臟器破裂的聲響，這兩名偷襲者在失敗後便吐血倒地，動彈不得。

黑兔沒時間管他們，因為戴著電手套的男人已經迅速逼近。

擅長近身戰的黑兔，不認為對手的格鬥技術在他之上，但他戴的手套太過礙事，導致他不敢太過接近，大多時間都在逃避。

他刻意利用逃跑空檔撿起被他揍的人所掉落的手槍，二話不說直接朝對方的臉扣下扳機。

然而可惜的是，他的意圖早就被對方看透。

這個人用手套擋掉正面射過來的子彈，並相當有自信地展露笑容。

——可是他沒有想到，黑兔根本就沒打算開槍擊中他，只不過是想要利用子彈讓他的視線暫時被遮掩短短幾秒鐘時間。

當他把手放下的時候，握住槍管，以槍托當作打擊武器的黑兔，已經來到他的面前。

毫無憐憫、完全不打算手下留情的黑兔，狠狠地以槍托砸碎對方的腦袋。

伴隨著這個男人的腦殼與腦內組織飛散出來，黑兔也順利贏得了勝利。

利用完手槍後，黑兔便把它當成不必要的垃圾，隨手一扔。

從這些人的身手來看，跟他們組織訓練的團體戰方式有點類似，所以黑兔很確定這三個人大概是洪芊雪從「困獸」買來的殺手。

但，即便是最強的殺手組織訓練出來的人，與擁有號碼的他相比，仍舊無法相提並論。

黑兔在通過大型機器後，看見了被蒙眼綁在椅子上的邱珩少。

碰！

槍響從耳邊傳來，但黑兔卻只是沒有興趣地扭頭閃過。

就像是知道子彈會射偏，完全不感興趣。

「你……你為什麼會……」洪芊雪顫抖著雙手，握緊手槍對準黑兔。

剛才那發根本沒有準度可言的子彈，就是她開的槍。

不知道是因為害怕，還是說已經知道自己會有什麼下場，洪芊雪臉色鐵青，畫好的妝都被汗水浸溼，模樣十分狼狽。

瀏海下的腥紅瞳孔冷冰冰地映照出她充滿恐懼的臉龐，對於洪芊雪，他並沒有任何打算手下留情的想法或念頭。

就在她舉槍要脅黑兔的時候，正面突擊的黃耀雪等人也已經抵達房間。

黃耀雪的人沒想到會見到這種情況，由於不確定黑兔的身分，他們所有人都將槍口對準黑兔與洪芊雪。

唯一知道黑兔身分的明碩和黃耀雪瞪大雙眼，不懂這個人究竟是從哪裡跑出來的。

——不，他會出現的理由，已經十分明確。

「……我沒聽說你會過來。」

「大叔要我過來親自接羅本回家。」

「是嗎……原來是那個人……唉！」

黃耀雪頭痛萬分，因為他完全沒接到陳熙全的聯絡，看樣子陳熙全壓根沒想到要跟他講這件事。

「你把人帶走吧。」

「什、什麼！不可以，我必須把邱珩——」

見黃耀雪不把她放在眼裡，冷靜地示意明碩，讓他把邱珩少帶走，洪芊雪頓時慌張不已。

她不知道該把槍口對準誰，陷入混亂，就連黑兔站到她身後也沒發現。

黑兔直接奪走她手中的槍，而黃耀雪等人則是順利把仍陷入昏迷的邱珩少接走。

「喂，你可別殺了那女人。」

黃耀雪在跟其他人一起撤退時，不忘提醒黑兔。

黑兔背對著他揮揮手，像是在表明自己聽見了。

隨後黃耀雪便走出房間，沒幾秒鐘後，所有人便聽見從房間裡傳來慘叫聲。

「該死，那些野獸真沒人性，就算面對女人也不會手下留情。」

黃耀雪冷汗直冒，催促著自己的人趕快離開。

沒想到他竟然有點同情洪芊雪，不過，反正與他無關，他只要把該做的事情做好就可以。

「困獸」一瘋起來，根本就沒有人能夠攔得住，他可不想冒生命危險去做那麼麻煩的事，眼不見為淨才是最安全的選擇。

沒過多久，待在屋頂觀察的羅本便看到黃耀雪等人帶著仍然昏迷中的邱珩少從大門口走出來。

黃耀雪仔細交代手下們，並看著明碩把邱珩少放進車內後，便抬起頭與待在隔壁大樓樓頂的他四目相交，彷彿早就知道他正在看著。

不過這也沒什麼好讓人意外的，畢竟布魯跟著他，隨時都能通風報信。

黃耀雪舉起手朝他揮了揮，跟他做簡單的道別。

羅本沒有理會，但身旁的金屬球倒是很開心，從聲音可以聽得出心情不錯。

『看來事情進行得很順利，早知道就早點委託困獸了。』

「是啊，根本沒有我們出場的必要對吧？」

『……話雖如此，但如果困獸介入的話，事情恐怕會變得有點複雜。』

羅本明白布魯的意思。

黑兔與兔子雖然有亞洲分部老大——林的保護與口頭承諾，但是最近困獸內部的狀況並不是很穩定，若太過招搖，很有可能會引來不必要的麻煩跟注目。

國內的行動倒是還有辦法掩護，但人在國外的話，風險就會比較高。

顧及那些棘手的問題，最好還是別讓兔子與黑兔太過招搖，免得惹麻煩上身。

羅本揹起狙擊槍，看著黑兔拖著一名滿身是血的女人從大門口走出來，便知道他的工作結束了。

只要黑兔出手，他就沒有能夠做的事，更不用說洪芊雪這群人根本不足為懼，讓黑兔出手根本是過於浪費人力的行為。

雖然看不清楚被黑兔拖著的女人還有沒有生命跡象，但那也跟他無關。

羅本拿起早已準備好的攀爬繩，固定好之後，將繩子往下扔，抓著繩子慢慢下降至路面。

「回去吧！」

才剛放開繩子，羅本就聽見黑兔的聲音從背後傳來。

他嚇了一跳，聳肩苦笑。

黑兔全身都是血，但那不是他自己的，而是那些被他殺死的人。

即便他穿著黑色衣服，血跡仍相當明顯，但黑兔卻像個孩子般燦爛笑著，根本不在意，彷彿這件事如呼吸一樣普通，不值一提。

「嗯。」

羅本將手放在黑兔的頭上，輕輕拍了兩下後，往機車停靠的位置走過去。

總算能脫離這該死的委託工作了，希望他跟那些傢伙再也別見面。

合約十：仇人相見分外眼紅

『羅本先生，真的很不好意思。由於航線需要重新申請，所以可能得麻煩您多留一個晚上，我會安排最頂級的ＶＩＰ套房給您，請好好休息。』

金屬球在說完這句話之後便溜之大吉，丟下羅本和掏耳朵、吹口哨，絲毫不在意這點小事的黑兔兩個人獨處。

幾秒鐘過後，機車手機架傳來訊息通知聲，地圖重新標示出地點位置。

讓人心情複雜的是，布魯確實安排了不錯的飯店給他，而且還是機場附設的，不但保全系統完善，還會有專人負責直接接送。

即便如此，羅本仍面無表情，彷彿沒有對這個安排充滿感激之意。

他的腦袋十分混亂，很想就這樣衝出去找個地方打靶洩憤。

「哈啊啊啊……」

深深嘆息後，最終羅本還是只能選擇面對現實。

雖然多留一個晚上對他來說沒什麼問題，但他就是不想待在這裡，無論是邱珩少還是黑色懸日，他都不願意遇見。

不懂他複雜情緒的黑兔，把頭貼在他的手臂上磨蹭。

「我餓了，什麼時候去吃飯？」

「回飯店再叫客房服務。」

「我才不要吃其他人做的東西。」黑兔不悅咂嘴，「我要吃你做的。」

羅本現在只想洗個熱水澡，早點上床休息，但黑兔卻看不懂他的眼色，還在那邊裝傻、撒嬌，真心打算氣死他。

不過，要不是因為黑兔出現幫他一把，當時的他恐怕沒辦法全身而退，於情於理是該償還，所以羅本沒辦法輕易拒絕。

「我回去後再煮給你吃。」

「我現在就要吃。」

「現在……你要我去哪裡找廚房？」

黑兔歪頭，「飯店不都有嗎？」

照這樣子來看，黑兔是打算讓他跟飯店借廚房來做。

羅本再次頭疼扶額，無可奈何之下，他只能朝手機詢問：「你在聽吧？布魯，能不能幫我問問飯店？」

『當然可以。』布魯爽朗地回答：『那間飯店是陳熙全先生所擁有的，您想提出任何要求都沒問題。』

「那個有錢卻沒良心的男人⋯⋯」

『順帶一提，您也能使用飯店廚房內的食材，所以不用特地去選購。』

「你果然一直在偷聽我們說話。」

『手機就擺在那，我不想聽也不行。』布魯笑著回答，不忘提醒：『對了，請您離開的時候記得帶著這支手機，方便我確認您的位置，只要帶著它，您就能自由進出飯店，如果有其他需求，只要拿這隻手機給飯店人員看就可以。』

「那麼麻煩？還不如讓那顆金屬球跟著。」

『雖然看不太出來，但那個好歹也是個「武器」。既然現在您的委託工作已經結束，它就沒有必要跟在您身邊。』

「好不容易才沒有被監視的感覺。」羅本一邊嘆氣，一邊拿起手機，「意思是直到我搭上飛機前你都還是要透過手機監視我的位置？」

『請您理解，如果您有個萬一，老闆將會損失相當寶貴的合作對象。』

羅本知道陳熙全非常重視左牧的才能，更不用說他現在還擁有兩隻困獸，從孤島回來前可能只是對他有些在意，但在絕望樂園之後，左牧的實力更加被重視。

「你們果然有跟左牧聯絡。」

『是的，畢竟您是左牧先生相當重要的同伴，所以我們有告知。』

「怪不得他會派黑兔過來幫我。」

『左牧先生說過，這邊工作結束後就要盡快送您回去。』

回想起左牧和黑兔抓著他不放，求他別離開的記憶，羅本可以想像這段時間左牧肯定已經被纏人的兔子搞到精神衰弱。

平常因為有他在，兔子還會懂得分寸，好不容易盼到他出門，兔子絕對會趁機黏著左牧不放。

一想到左牧被那個瘋子二十四小時纏著不放，羅本就忍不住為他默哀。

他拿起手機，帶著黑兔往機場走過去。

布魯已經準備好接駁車，可以直接前往飯店，所以他不用再浪費時間騎車過去。

畢竟載著黑兔騎車確實是件辛苦的差事。

黑兔一路上都很興奮，直接站在機車上享受風，要不然就是突然跟他背對背，開心地欣賞周圍的風景，有的時候還直接用手肘掐住他的脖子，逼他停車，就只是因為他看到路邊有有趣的玩意，想過去湊熱鬧。

黑兔不安分的行為，差點沒讓羅本誤以為自己是在玩特技而不是在騎機車，明明車程只有三十分鐘，卻花兩倍的時間才終於抵達機場停車場。

「我可以吃飯了嗎？」

「回飯店就做給你吃，但我很累，沒時間做什麼豪華大餐。」

「沒關係，反正只要是你做的，我什麼都吃。」

看著黑兔喜孜孜、充滿期待的表情，羅本只覺得壓力山大。

這傢伙看起來完全就不像是才剛殺過一堆傭兵的樣子，不過這就是「困獸」。

他們早就習慣血腥與殺戮，人命在他們眼中就跟踩死螞蟻的程度差不多。

一想起「困獸」這兩個字，羅本突然有點好奇。

「話說回來，你不是本來不應該出國嗎？尤其是離開亞洲……這樣你的狀況不是會很危險？」

「我是搭私人飛機來的，而且有出入境特權，所以組織其他分部的人員是不會注意到我的。」黑兔眨眨眼，悠哉地回答：「再說，只有我來才能盡快把事情處理完，左牧是在理解事情嚴重性的前提下讓我過來找你的。」

「這樣就好。」

黑兔露齒一笑，「怎麼，你擔心我？」

他原本是想調侃羅本，沒想到對方根本不理他，反而加快速度往前走。

黑兔雙手插口袋，蹦蹦跳跳地跟過去。

跟羅本待在一起的時間雖然不長，但足夠讓他明白這個個性固執、不愛談論自己私事的男人，每當不想回應話題的時候，就表示他是在害羞。

他最喜歡看羅本不知所措的樣子，這讓他覺得有趣，過去幾天他被迫待在家裡，整天看兔子黏著左牧的畫面，眼睛都快痛死了。

「嘻嘻嘻，見到你真好。」

「……看來你待在家悶壞了是吧？」

「我可是困獸，不出來活動筋骨的話反而會覺得不舒服。」

「兔子那傢伙看起來倒是沒有這種感覺。」

「他本來就不是什麼正常人，你別把他當作基準。」

「說得也是。」

羅本非常認同。

雖說從「困獸」組織裡訓練出來的殺手都是些思想嚴重偏差的瘋子，但兔子的情況已經不能以這兩個字來形容。

變態？好像有點接近。

偏執？這個也滿適合的。

總而言之，他覺得兔子渾身上下都集中令他討厭的特質，但可笑的是，他竟然會覺得這樣的兔子比其他人都要值得信任。

——前提是在有左牧的情況下。

「你別跟三十一號太過親近。」

黑兔的一聲提醒，將羅本的思緒拉回來。

這句話黑兔時常掛在嘴邊，就算在兔子面前也從不忌諱說出口。

兔子就像是默認黑兔的無禮行為，不打算阻止，也沒想過要去責怪他。

或許兔子也很清楚自己有多麼「不正常」，但是卻無法控制。

一想到這，羅本就不由得開始好奇「困獸」這個組織。

「我跟兔子的關係沒有很好。」

「是這樣嗎？我看他還滿聽你的話。」

「……你眼睛沒問題吧？明明他只聽左牧的話，跟我有什麼關係。」

黑兔嘆口氣，無奈搖頭聳肩，「真是的，所以才會說你太沒防備心。剛才也是，明明你可以狙擊黏在樓梯口的手榴彈，直接引爆，這樣就能一次把那些威脅你的傢伙全部除掉，但你卻沒這樣做，不就是因為心軟嗎？」

他伸出手，抓住羅本左肩的傷口。

黑兔的力道非常大，根本沒打算手下留情，就像是想要把好不容易結疤的傷口強行扯開一樣。

這點痛楚對羅本來說根本不算什麼，他只有稍稍抖動眉毛，表現出不適的表情。

但是，黑兔在看到他皺起的眉毛後，不但沒有擔心，反而噗哧一聲笑出來。

他黑著臉，將被帽簷遮掩住的臉龐貼近羅本，用只有他能聽得見的音量說道：「你的這種個性，真的很讓人不爽。」

說完，他便恢復原本的輕鬆笑臉，鬆開壓在傷口上的手。

羅本斜眼睨視左肩位置，隱隱約約能夠感覺得到傷口不是很舒服，但幸好沒有撕裂，要是這樣的話，恐怕得花好幾週才能恢復。

「你究竟是喜歡我還是討厭我啊……」

「很重要嗎？」黑兔歪頭反問。

羅本忍不住呵呵笑了兩聲後，決定結束這個話題。

「無所謂了，我們去飯店吧。」

現在想想，他確實有點太過勉強自己。

雖然確實因為邱珩少的關係而休息幾天，但在那之後他就馬不停蹄地參與兩場槍戰，就算他體力再好，也差不多快要耗盡。

「幫你做完吃的之後我就要回去休息。」

「嗯，知道。只要你滿足我的肚皮，我就會安靜待著。」

黑兔充滿期待地輕輕哼歌，羅本也總算能夠放下壓力，不用再繼續提心吊膽，但就在他剛打算好好放鬆的下一秒，出現在面前的熟悉面孔卻讓他迅速停下腳步。

「怎麼了？」

黑兔發現羅本沒有繼續往前走，便好奇地回頭詢問。

羅本沉著臉，沒有回答。

機場入境大廳人潮相當密集，進進出出的人非常多，可是他卻不知道為什麼，卻清楚看見那張他不願意再回想起的臉龐。

一開始他以為是自己的錯覺，但隨著對方一步步拉近距離，站在他的面前，羅本才注意到這是現實而非幻想。

黑兔雙手插在口袋，沒有過來干涉，只是皺緊眉頭，警戒地盯著他們看。

羅本直視這名身高稍微矮他幾公分的男人，沒打算給對方好臉色看。

「……你為什麼會在這？」

「這裡的話就沒那麼容易出手了吧。」對方坦率回答，並看了一眼黑兔，「我可不想冒著死亡風險過來見你。」

「見我？」羅本忍不住開口嘲諷對方，「你覺得我會相信你是來跟我敘舊的嗎？我可不是笨蛋，車銓宇。」

「你還記恨我出賣你的事？」

「你出賣的可是整個小隊，該死的傢伙。」

羅本咬牙切齒，少見地將憤怒情緒全寫在臉上。

透過觀察他的反應跟對待這名陌生男人的態度，黑兔就算不用問也能略知一二。

「我知道安塞死了，是被你殺的吧。」

男人雖然這樣說，但眼神卻瞥向黑兔。

羅本迅速走到黑兔面前，阻擋對方的惡意視線。

「怎麼，你是來替安塞報仇的？」

他的態度就像是想要保護黑兔，惹得男人忍不住笑出聲來。

「不，我很感謝你把安塞處理掉，省得我親自動手。」

「……什麼意思？」

「那傢伙擅自把委託人的情報私下賣給其他人，賺取的費用全都進了他自己的口袋，我們組織不可能放過這種叛徒。」

他一邊說一邊解釋，接著用笑嘻嘻的表情詢問：「對了，我跟他一樣都是黑色懸日的人，不過我想你應該早就知道。」

男人用戲謔的視線，上下打量羅本，「其實我原本想把能力更強的你拉攏過來，但很可惜，你被人設計扔進那個棘手的遊戲，我只能放棄。」

羅本垂眸，並不認為對方說的話有任何一點值得信任。

這名突然出現在機場的男人，是他還是軍人時的同小隊隊員，在發生隊伍落入陷阱、全軍覆沒之前，他都天真的以為這個男人是值得信任的同伴，當時的他傻傻以為全隊只剩他一個人存活，沒想到車銓宇某天竟然完好無缺地出現在他面前。

那瞬間他才明白，原來是這傢伙出賣情報給敵軍，才導致突擊行動失敗，賠上他們整隊的性命。

在那之後，車銓宇銷聲匿跡，好不容易得知他的消息時，他已經加入黑色懸日，並成為高層成員之一，在組織內擁有相當高的地位。

安塞就是他的手下之一。

安塞跟他和車銓宇分配到同個戰區，但所屬部隊不同，勉強算是舊識，不過相較之下，他跟車銓宇比較熟。

車銓宇在組織內獲得權力後，就開始到處拉攏過去的戰友加入，但是從未找過他。因為他很清楚他們之間的恩怨，絕對不是能夠靠時間淡忘的程度。

「哈，找我？」羅本握緊拳頭，只差沒有直接往對方臉上揍過去。

他試圖冷靜下來，用理智跟對方交談。

「找我加入？你瘋了嗎，我怎麼可能會答應。」

「你可是幽靈狙擊手，論能力，你是非常值得投資，更不用說你還是隊伍裡唯一倖存下來的人。而且我也不認為你會放棄可以接觸到我的機會，畢竟這樣你才有機會親手把我這個眼中釘殺死不是嗎？」

「……我倖存下來的原因，是因為我是狙擊手，不用負責現場突擊。」

「但你在那之後將我安排在陷阱裡的全部手下狙殺，安然無恙地回到軍隊。」車銓宇眼眸閃閃發光，相當興奮，「我想要你的能力，羅本。」

「你就繼續在旁邊垂涎吧，瘋子。」羅本拉起黑兔的手腕，頭也不回地從他身旁走過去，「我一輩子都不會成為你的槍。」

羅本和黑兔很快就消失在人海中，而轉頭看著他們離去的車銓宇，卻將手放上嘴巴，按捺不住激動的心情，揚起嘴角。

即便他試圖用手掩飾住自己的興奮表情，但從掌心底下傳出的開心笑聲，仍引來其他人的側目。

明明是個帥哥，卻像個神經病一樣在機場裡狂笑。

大笑過後，車銓宇才轉身離開。

「真高興看到你那一如往常的態度，讓我忍不住懷念起從前那段美好時光。」他走向一群身材高壯的男人當中，斜眼注視羅本離開的方向，留下令人頭皮發麻的宣言。

「我們很快就會再次見面的，羅本。」

車銓宇和他的手下一起離開機場，殘留在現場的緊張氣氛，讓人不自覺打冷顫。

／

黑兔不像兔子，他很懂得分寸，也知道什麼話該說，什麼話不該問。

自從在機場入境大廳見到那個叫做車銓宇的男人後，羅本的心情很明顯變得十分糟糕，甚至變得比平常還要安靜，像是在思考什麼。

兩人來到飯店後，羅本向櫃檯出示手機，果然對方就立刻安排他們兩個人入住最高級的貴賓套房，不知道是不是布魯私下安排，房間內有個簡易廚房，長方型餐桌上放滿各種蔬菜、生肉，看上去是不久前才採購回來的食材。

「哇！風景真好！」

黑兔蹦蹦跳跳地跑到落地窗前，整個人貼在玻璃上面，雙眼緊緊盯著眼前的美景。從這個房間的陽臺可以看見機場跑道，還能欣賞飛機起降，陽臺上擺有木製桌椅，用看起來質感很不錯、價格昂貴的花色布料蓋住，很適合在這裡喝咖啡小歇。

羅本看到黑兔像隻壁虎一樣黏在玻璃窗上，忍不住碎念：「沒事就去洗個澡，你渾身髒兮兮的，還能聞得到血腥臭味。」

因為擔心他全身沾滿血的模樣會嚇死路人，所以羅本在來的路上隨便替他買了套新衣服換上，對穿搭本來就不太在意的黑兔，不管羅本要他穿什麼都可以。

等幫他換好衣服，羅本才發現這傢伙不管穿什麼都很好看，從店裡走出來的時候，不少路人都忍不住朝他們的方向多看幾眼。

平常黑兔都穿得黑漆漆的，所以羅本差點忘記，這傢伙的外貌不輸兔子。

戰鬥力強就算了，連長相都看起來像個模特兒，害他忍不住懷疑困獸是不是除了實力之外還會把外貌列入評選條件中。

為了避免黑兔被認出來，他還特地買了頂鴨舌帽強迫他戴上，只可惜根本沒有多少遮掩效果。

只要這傢伙乖乖閉嘴別說話，或許還真有可能被誤以為是穿著便服出來旅行的明星。

「你別在那邊鬼混，沒事做的話就去洗個澡。」

「我不是才換上乾淨的衣服嗎？」

黑兔嘟嘴抱怨，很顯然他並不想乖乖洗澡，但羅本一個銳利的眼神掃過來，就立刻讓他乖乖妥協閉嘴，一溜煙衝進浴室。

兌現承諾，準備做飯給黑兔吃的羅本，則開始準備料理食材。

五分鐘後，黑兔全身光溜溜，連身體都沒擦乾，就迫不及待地衝進廚房。

「我的飯！」

「沒這麼快，去把身體擦乾後坐在客廳等。」

「可是我餓……」

「不照做就不給你飯吃。」

原本充滿期待表情的黑兔，就這樣可憐兮兮地窩在客廳沙發等待。

不久前才剛經歷過邱珩少被擄、冒險前去救援的事情，所以羅本沒剩多少體力能做料理，這種情況下，能滿足那挑嘴、愛找麻煩的黑兔的方式，只有一種。

——那就是飯糰。

想要填飽黑兔那個像是無底洞一般的食量，用米飯類是最快的，煮飯的話就不用去費心照料，還能用最短時間煮出一大鍋，對他來說相對比較輕鬆。

幸好這個簡易廚房還有電子鍋能使用，再來他只需要在飯煮熟前備完料就好。

考量到簡單的鹽巴飯糰肯定會被黑兔嫌棄，羅本並不打算隨手做做樣子搪塞他，更何況黑兔冒風險趕到他身邊，用最短時間解決邱珩少被綁架的問題，所以再怎麼樣說，他心裡還是很感謝黑兔的。

不過感謝歸感謝，一見到他就喊著要吃飯這點，讓他很想揍人。

半小時過去，黑兔已經飢腸轆轆地橫躺在沙發上裝死，肚子不斷發出咕嚕叫聲。

就在他覺得自己快要餓到昏過去的時候，靈敏的嗅覺聞到食物的香氣正在慢慢靠近自己，迅速重新復活，精神奕奕地從沙發跳起來。

「飯！」黑兔雙眸閃閃發光，口水直流。

他的樣子活像是好幾天沒吃東西一樣，把羅本嚇傻。

羅本直接把料理用的鐵盤裝滿圓滾滾的球形飯糰，放在黑兔面前。

跟想像中不同的佳餚，讓黑兔有些錯愕。

他還以為羅本會煮山珍海味給他吃，沒想到只是簡單的飯糰。

「這什麼？」

「看不就知道嗎？別跟我說你沒吃過飯糰。」

「我當然知道飯糰是什麼。」黑兔再次嘟起嘴巴，「你讓我等三十分鐘就只給我吃這個？根本是在敷衍我吧，虧我還那麼期待……」

羅本無奈回答：「簡易廚房能做的料理不多，而且我很累，沒時間管你。」

「哼……算了，反正只要是你做的就好。」黑兔邊說邊隨意拿起一顆飯糰，大口塞進嘴巴裡咀嚼。

咬下去後他才發現，原來飯糰裡面有塞料。

第一顆飯糰塞的是蝦子加美乃滋沙拉，第二顆飯糰則是蠔油炒肉絲，第三顆飯糰裡面放著涼拌菜——算下來，這盤堆積如山的飯糰裡面總共有五種不同的口味。

「這是我吃過最好吃的飯糰！」

黑兔立刻轉過頭來，雙眸閃閃發光，嘴裡吃著，左右手還各抓著一顆，就算嘴角沾滿飯粒也不在意。

羅本脫下圍裙，掛在肩膀上，實在不知道該如何評論他的反應。

該說他很單純，還是說太好搞定？

黑兔這個人對料理不是很堅持，只要能吃飽加上是他做的就可以，如果想要用簡單料理敷衍的話，最好就要搭配驚喜，這樣黑兔很容易就會被牽著鼻子走。

所以他才會用飯糰加上不同配料的方式，來應付黑兔的口味。

果然如他所料，黑兔對這些飯糰相當滿意，花不到十分鐘就把他端過來的十五顆飯糰全部吃光。

「我還要！」

「……你就不怕吃到胃痛嗎？」

「才不會，我沒這麼弱。」

「好吧。」

羅本早知道會變成這樣，所以捏了不少飯糰。

他指著廚房方向對黑兔說：「自己去拿，我都放在那裡了。」

沒想到聽見他說完話的下一秒，黑兔立刻心情愉悅地衝向廚房，獨吞所有飯糰。

羅本從口袋裡拿出用保鮮膜包著的兩顆飯糰，慶幸自己有偷藏，要不然等他洗完澡出來，黑兔肯定已經把所有飯糰都吃光，一個都不留給他。

「我去另外一間房的浴室洗澡，你待在這別亂跑。」

「嗯嗯嗯！」

黑兔用力點頭，接著把目光轉移到剩下來沒有包進飯糰裡的配料。

照這速度來看，那些配料絕對會在短短幾分鐘內被黑兔吃光。

無可奈何的羅本獨自走進配有浴室的房間，總算找回一絲平靜。

「呼……洗個澡之後就休息吧。」

他是真的累了，很想就這樣直接躺床不起，但再怎麼說他還是得洗去身上的塵埃與煙硝氣味，不然會睡得很不舒服。

反正布魯說班機明天才會安排好，所以現在他就什麼都別想，好好睡一覺就好。

希望等他醒過來的時候，就能夠重新回到那平凡卻又讓人有些煩躁的日常。

／

終於搭上班機，平安回國的羅本，怎麼樣也沒想到會在機場見到最不想看見的那張臉，尤其是當他和黑兔一起從出境大門走出來的瞬間，都可以感受到黑兔那股差點衝過去揍人的怒意。

「又見面了，羅本。」

「少跟我裝熟……你為什麼會在這裡？」

「理由你應該多少能猜得出來吧。」

「……嘖！該死。」

昨天在機場遇到的車銓宇，莫名其妙地跑來接機，從他知道飛機落地的時間，並且提早過來等他的情況來看，這件事肯定和陳熙全那個奸商脫離不了關係。

當年在部隊裡，車銓宇冒用其他人的名字混入他們的小隊，很長一段時間羅本都誤以為那才是他的本名，直到再次跟這個以為已經死亡的舊戰友重逢，才知道這一切都是謊言。

「車銓宇」這個名字也是再次重逢後得知的。

他們之間的過去，以及那場失敗任務的真相，就只有存活下來的他們知道，羅本很清楚車銓宇不可能把這件事透露出去，所以陳熙全很有可能並不知道他們之間的曾經發生過摩擦。

明明不爽，卻又無法指責，這種感覺像是有東西卡在心口上，很不舒服。

而他身旁的黑兔，比他更不滿。

黑兔右手插在口袋裡，左手橫放在羅本胸前，像是護主的忠犬，不讓對方靠近一步，警戒地環視周圍。

左邊三個，右邊兩個，後面還有大約五、六個人——

黑兔迅速估算出隱藏在入境大廳人潮中的敵人數量，輕輕扯動嘴角。

「只是來打個招呼，用不著帶這麼多人吧？」

「這可是對困獸的尊重。」車銓宇坦然回答黑兔，故作無奈地攤手，「別擔心，只要不起衝突就不會有事，我想你們應該也不希望引人注目？」

「你覺得我會在乎這種小事？」

「確實，對沒有道德觀念的野獸來說，我剛說的話一點也沒有威脅效果，但我相信羅本的想法和你完全不同。」

黑兔微微一震，忍不住看向羅本，但羅本卻一臉冷靜，絲毫不以為然。

「別聽那瘋子說的話，他最擅長的就是說謊。」

「那麼要不要試試看？看我是在說謊還是認真的。」

「省省力氣吧，車銓宇，我沒那麼容易被你慫恿。」羅本皺眉，想要盡快結束話題，主動提問：「所以你到底來這裡幹嘛？你跟陳熙全到底在打什麼算盤？」

「嗯……」車銓宇思考了一會兒之後說道：「在這裡談不太方便，總而言之，我是來接機的，你們只要跟我走就好。」

「……哈！你當我傻嗎？誰知道這會不會又是你設的陷阱。」

車銓宇舉起手發誓，「我是為公事而來，絕不夾帶私心，所以希望你也能這樣做。」

羅本恨不得直接在這裡殺死這個男人，但從現實層面來說，他不能這麼做，而且他也不敢保證自己的行為會不會影響到左牧。

「你小子，竟然敢威脅羅本。」黑兔咬牙切齒，鮮紅的瞳孔變得比平常更加閃耀，像是隨時都能出手把對方的脖子扭斷。

他不知道這個叫車什麼的男人是誰，但他一而再再而三地找羅本麻煩，已經讓他的忍耐到達極限。

左牧吩咐過他，要他好好保護羅本，所以他絕不容許這個傢伙惹羅本不開心。

車銓宇看著對他齜牙咧嘴，恨不得撲過來把他咬死的黑兔，微微一笑。

「呵，真是可愛的野獸。」

「你說什麼！」

「既然我這麼不被信任，那麼就讓其他人來說服你們。」

在他說完之後，從他身後走出一名男人。

黑兔完全不認識這個陌生人，只覺得聲音有點耳熟，反倒是羅本很不屑地咂嘴。

「……陳熙全那混帳，還真沒有看人的眼光。」

「雖然我認同您的看法，但合作本來就是對事不對人。」

一如往常面無表情，看不出心中想法與情感，如機器人般的冰冷態度，不知道為什麼，竟然讓羅本稍微感到安心。

心情仍然很煩躁，但是卻因為這個男人的出現，稍微好了一點。

毫無溫度的視線落在提防他的黑兔身上，並靜靜地說道：「初次見面，我是布魯。」

黑兔和布魯過去雖然沒有任何交集，但在他過來找羅本的時候，都是透過布魯的安排，所以對他不算是完全不認識。

始終只有透過對話聯絡，沒見過面的兩人，初次面對面交談。

「你就是布魯？」

「是的，邱珩少先生那邊的問題不大，所以老闆安排我回國幫忙。我與車銓宇先生是搭昨天晚上的班機回國，因為有些事情要先處理。」

接著他轉頭看向羅本，將手貼在胸前，低頭行禮，「抱歉，沒能先告知您，因為有點匆忙，所以沒時間和您聯絡。」

「現在怎樣都無所謂了。」羅本雙手環胸，態度稍微放軟。

坦白說在看到布魯出現後，他的心情確實變得比較沒那麼緊繃。

「詳細情形我們上車後再談。」

在布魯的懇求下，羅本和黑兔不再抗拒，乖乖跟著他們前往大門。

接送區停靠一輛加長禮車，占據了一整個停靠口的位置，旁邊還有幾名像是保鑣的黑衣人守衛。

四人上車，黑兔果斷霸占羅本身旁的位置，布魯只能和車銓宇並肩而坐。

車子開始移動後，布魯先是把早就安排好的茶點拿出來，滿足貪吃的黑兔，接著才開始說明。

「羅本先生，您應該知道困獸目前已經把左牧先生視為眼中釘，試圖將亞洲分部訓練出來的殺手回收對吧？」

羅本看向把泡芙塞進嘴巴，不小心被擠出來的奶油餡噴滿臉的黑兔，一邊厭煩地拿衛生紙擦拭，一邊心不在焉點頭回應。

「知道。」他皺著眉頭，緊緊盯著車銓宇的笑臉看，「但我不懂這跟車銓宇有什麼關係？」

「老闆需要黑色懸日手中握有的線索跟情報，所以與車銓宇先生談了條件。」

「……什麼條件？」

「我們組織內部並沒有表面看起來那麼嚴實，就像之前跑去找你麻煩的安塞。」車銓宇難得用冷靜、嚴肅的態度回答羅本的問題。

與之前的挑釁態度相反，甚至感覺得出他心情不太好。

「所以我打算獨立出來，但如果要這麼做，就得要有資金與人脈，最重要的是，我得要有個穩定的後臺。」

「你想離開黑色懸日，所以才找上陳熙全？」羅本冷笑道：「你那麼辛苦爬上高層的位置，現在卻想要放棄？真是有夠好笑。」

「看來你很關注我，連我在組織裡擔任什麼職位都知道？」

車銓宇聽到羅本說的話，非但沒有感覺到被嘲笑，反而能夠感受到他對自己的關切，這讓車銓宇相當滿意。

可是他那滿足、充滿笑容的臉龐，卻差點沒讓黑兔與羅本反胃吐出來。

「少往自己臉上貼金了，大叔。羅本可看不上你這種傢伙。」

「小孩子在旁邊吃東西就好，別插嘴打擾大人們談事情。」

黑兔和車銓宇盯著彼此的視線，激烈到像是能擦出火花，令一旁的羅本搖頭嘆氣，但也沒有想要阻止的念頭。

他轉頭詢問布魯：「陳熙全到底在想什麼？」

布魯一臉正經地回答：「要是我知道老闆的真正意圖，就不會坐在這了。」

「說得也是，大概也只有左牧能夠忍受那任性的老頭。」

「不，我想左牧先生也會和您有同樣的想法，但我們現在確實需要多點人手。」布魯提眸看著他們，「困獸已經開始有動作，而且這次不只亞洲分部，全球各大洲的分部全都開始關注左牧先生。」

「……哈，那傢伙人氣還是老樣子高得不可思議。」

「所以我們這邊也得做好準備才行。」布魯攤手解釋，「這已經不是能單靠你們幾個人能夠解決的問題，如果想要跟困獸對抗，你們也得有所準備。」

聽到這番話，羅本這才終於明白陳熙全究竟想做什麼。

他垂下眼眸，沉聲問：「那傢伙究竟還找了誰？」

「不多，但足夠。」

看樣子這是陳熙全為了左牧所做的前置作業。不管是幫助邱珩少復仇，還是把這該死的叛徒拉攏過來，都是拿來對付「困獸」的好用棋子。

不得不承認，陳熙全確實對左牧很好，但不知道他的這番行為，是善意還是另有所圖，又或者只是想要利用左牧來達到其他目的。

「真高興我們又能成為隊友，就像回到從前那樣，對吧？羅本。」

車銓宇笑得很開心，但羅本現在只想把這張臉扯下來，扔出車外。

「這次和之前不同，你要是膽敢再做什麼小動作，或是又搞背叛那招……」

在他的眼中，車銓宇就像隻狡猾的狐狸，無論是那雙瞇瞇眼還是令人頭皮發麻的笑臉，都十分礙眼。

車銓宇無辜地說：「我這樣也是為了自身的利益，所以你不用擔心。」

「你的保證要是能信，那麼這世上就沒有天理可言。」

「呵呵，你還是跟過去一樣幽默。」

車內的氣氛相當嚴肅，一邊燃燒滿滿怒火，一邊則是不怕天塌下來，笑得開花。與雙方都沒有任何關係的布魯現在真的有點後悔和這兩個人搭同輛車，但他又不能不在，只好尷尬地降低自己的存在感。

他也是在這次接觸後，才知道這兩人之間關係不好，不過至少這兩人不像邱珩少和萊克那樣麻煩，面對面坐著也不會殺起來——大概吧。

已經開始考慮把這份工作轉交到其他人手上的布魯，臉色越來越難看。

「好想下車……」

水深火熱的氣氛，令他坐如針氈。

但至少，羅本的反應看起來比想像中好一點。

老實說，布魯心中對羅本多少還是有些抱歉，他可不像老闆那樣沒良心，而且也能夠理解羅本生氣的理由。

「真的很抱歉，羅本先生，要是我事前能夠調查得更清楚……」

「不怪你。」羅本雙手環胸，閉眼小歇。

睜開眼就能看到坐在對面的車銓宇，讓羅本反胃不已，所以乾脆閉上眼睛，眼不見為淨。

不過在聽見布魯的道歉後，微微睜開。

「我跟那傢伙的事情沒那麼好調查，就算你是再厲害的情報商，也不見得能知道。」

「是，我會以此為戒，更加努力。」

「我不是這個意思……」

羅本雖然覺得布魯好像對自己說的話產生誤會，但最後還是決定放棄解釋。

比起面對老仇人和尷尬的誤會，他現在更在意被「困獸」盯上的左牧。

他似乎可以預想得到，未來將會有更棘手的麻煩找上門來。

——《遊戲結束之前　幽靈狙擊手　完》

番外

寧靜無人的沙灘上，兩個木製躺椅孤獨地安置在大型遮陽棚底下。

躺椅中間有張方形桌子，兩杯被陽光照耀出晶瑩剔透色彩的氣泡飲料，閃閃發光，杯身還有水珠，慢慢滑落。

左邊的躺椅沒有人，而霸占右邊躺椅的，是戴著太陽眼鏡，享受海風與陽光的左牧。穿著花襯衫與泳褲的左牧，就像是獨吞整座沙灘，相當愜意。

「呼——」

嘴角掛著口水，胸膛起伏平順，完全陷入夢境中的他，根本沒有注意到有人正在靠近躺椅。

皮膚白皙、裸著上半身，剛從大海裡游泳回來的白髮男人，一邊用力甩掉頭髮上的海水，一邊抬起慵懶的雙眸，當他看到躺椅上熟睡的左牧後，不由自主地露出笑容。

全身溼答答的他站在左牧的躺椅旁邊，用身體替他擋住炎熱的太陽，看著自己的影子覆蓋在左牧身上，不知道為什麼，讓他有種說不出口的滿足感。

「唔呃……怎麼變暗了……」

可能是因為感受不到陽光的溫暖，左牧睡眼惺忪地睜開眼，沒想到竟然看見兔子那張冷冰冰、沒有任何笑容的俊俏臉龐貼到眼前來，差點沒把他嚇到心臟病發。

「嗚哇！兔子，你搞什麼？」

兔子先是歪頭看他，接著拿起放在旁邊的平板，熟練地打字。

『確認呼吸。』

「我只是在睡覺。」

『知道，你打呼了。』

「既然有打呼就表示我還有呼吸啊！」

『以防萬一。』

左牧雖然很想吐槽這四個字，但最後還是忍下來，畢竟現在他還是有點在意好幾天沒有聯繫的羅本，導致晚上睡不好，白天的時候總是容易打瞌睡。

躺在這麼舒服的躺椅上，吹著涼爽的海風，不知道為什麼突然湧起睡意，結果不知不覺睡著了。

要不是兔子莫名其妙跑來把他嚇醒，也許真的能睡到天黑。

「你不是去游泳了嗎？」

『嗯。』兔子雙眸閃閃發光，相當自豪地寫道：**『我游到那座小島了。』**

聞言，左牧便往海的方向看過去。

兔子所說的島嶼位置，離沙灘大約有兩百五十公尺左右距離，並不是說游不到，只是在大海裡游泳並不是什麼容易的事，即便距離不遠，也相當費時費力，危險性極高。

雖然這座沙灘的主人說過附近的海域很安全，只不過，正常來說都會選擇搭快艇，沒有人會選擇靠自己的雙手游過去。

不知道是不是這番話勾起兔子的勝負欲，結果這傢伙竟然說要游過去看看再回來。

左牧對這種事情沒有什麼時間概念，但他很肯定，絕對不可能在三十分鐘內做到，可是兔子確實做給他看了，而且還臉不紅氣不喘，完全不像是剛橫渡大海回來的樣子。

左牧端起飲料，大口一吸。

「你看起來很滿足，好玩嗎？」

『好玩。』兔子笑迷迷地迅速打字，**『左牧先生要不要一起？我陪你。』**

左牧嚇得把嘴裡的飲料噴出來，尷尬苦笑。

「不了，你自己玩就好，我可不想奉陪。」

兔子有些沮喪，但還是沒有打算放棄。

『我背你游過去。』

「不是這個問題……哈啊，算了。總而言之，你別忘記我們來這裡的目的。」

聽見他這麼說，兔子趕緊點頭表示明白。

左牧重新吸飲料，才喝沒幾口就看到兔子用來跟他對話的平板上，出現對話通知。

兔子急忙把平板遞給左牧，並替他把對話通知點開。

左牧一邊喝飲料一邊仔細看內容，呵呵笑出聲。

「好消息，羅本和黑兔的班機順利抵達了。」

對左牧來說，這確實是個好消息，因為他本來就很不願意把羅本借給其他人。

幾週前，陳熙全突然跟他說羅本要暫時去保護邱珩少，並保證會把人平安無事送回來，由於對方已經先斬後奏，就算想反對也無能為力，再加上羅本是自願過去的，所以他沒辦法說什麼，只能同意。

沒想到過沒多久，陳熙全就告訴他羅本受傷又被人盯上的消息。

情況突然變得對羅本不利，讓左牧非常不高興，所以在考慮過後決定讓黑兔飛過去把羅本接回來。

明明人好好的，怎麼出國一趟就出狀況？

果然，他不該相信陳熙全那個奸商說的話。

早知道他也應該跟過去才對，反正待在家裡也是無聊沒事做。

畢竟他們幾個現在是生命共同體，就算平安無事地從主辦單位的手掌心逃脫，可是接下來必須面對的，是那個培養出無數殺手的組織。

「他們已經上車，正在往這邊開過來。我們先回別墅等他們。」

左牧把平板還給兔子，頭也不回地往建在海岸邊的高級別墅走過去。

從別墅一直到這片沙灘的盡頭，都是私有土地，雖然看起來很自由，但實際上卻被二十四小時監控著，並設有最高級的安全措施，外來者沒辦法輕易踏進來。

會有這麼高規格的待遇，是因為這個沙灘和別墅，全在陳熙全的名下，而這裡也是少數被他用來當作安全屋的房子。

和兔子回到一樓客廳時，已經有人坐在沙發上看電視，另外還有幾個人在廚房走動，他們都沒有理會兔子與左牧，完全把其他人當成空氣。

這些人都是陳熙全找來的同伴，在剛抵達的時候，雖然彼此有稍微介紹過名字，但是卻都不知道對方的底細。

而將他們帶過來的陳熙全，則是每天一大早就出門，留在別墅的時間非常少。

左牧和兔子是在黑兔離開後才過來這裡的，而且來到這裡的原因，是因為陳熙全說在「困獸」開始行動前，必須打造一個最強的後勤團隊給他，可是現在看來，這些他認為「最強」的幫手們，根本就沒把他當回事。

這樣的團隊，真的能夠信任嗎？

或許是感受到左牧的心情不太好，兔子從背後把平板伸到他的面前。

『要不要我去殺了那些人？』

左牧不滿地扭頭瞪他。

「你這傢伙真的是——」

「噗哈！」

左牧被突如其來的噴笑聲嚇一大跳。

他瞪大眼，有點愣住，回過神後才慢慢把頭轉過去，看著手裡拿啤酒罐，穿得像是街頭小混混模樣的年輕人。

這個人的頭髮染得像是從少年漫畫裡走出來的角色，一看就是個不靠大腦行動的笨蛋。

左牧很懷疑，為什麼陳熙全會找上這種傢伙。

「喂，老大不是說過這裡不能見血？你還說什麼想殺人咧……要不是因為老大的命令，我早就先把你們兩個傢伙的頭扭下來了。」

兔子把他說的話當成威脅，黑著臉想要衝上去，卻被左牧攔下來。

「你別動手。」

左牧雖然也不是很喜歡這傢伙的態度，但他更怕兔子把陳熙全帶來的人殺掉。

兔子乖乖低頭，整個人貼到左牧的背上，軟趴趴地壓著他。

對方喝得有點醉醺醺的，臉頰泛紅，渾身酒味，一看到左牧和兔子那副相親相愛的模樣，沒來由得感到不爽。

「兩個大男人幹嘛老黏著不放？真礙眼。」

「真不想看的話就滾遠點。」左牧不客氣地反嗆回去。

「你說什麼！」

「我勸你最好乖乖回去喝你的酒，別來煩我們。」

「跩什麼跩！」

自尊心受挫的男人，不爽被左牧小看，把沒喝完的啤酒罐朝他的臉扔過去。

啤酒罐沒有砸到左牧，而是被兔子主動伸向前的手臂擋下來，但灑出來的幾滴啤酒還是滴到左牧的臉頰上。

兔子一看到，頓時怒火中燒，他在啤酒罐墜落到地板前伸腳將它往上踢起，再用手掌緊緊握住，捏得歪七扭八。

接著他擺出投擲的姿勢，狠狠地將啤酒罐扔回去。

無論是扔擲的速度還是力道，都無法跟醉醺醺的男人相比。

當對方看到那如同子彈般的啤酒罐射向自己的瞬間，被嚇個半死，下意識抱頭蹲地，才勉強閃過。

碰！

一聲巨響，啤酒罐狠狠嵌入大理石牆壁中。

男人看見後臉色鐵青，不敢想像如果這個罐子打在自己身上，會是什麼結果。

「你……你……」

左牧嘆口氣，斜眼睨視眼以冷漠的眼神威脅對方的兔子，轉頭對那個男人說：「早跟你說過別惹我們，這傢伙瘋起來，連我也攔不住。」

「他說得沒錯，所以別自以為是地找人家麻煩，到旁邊去乖乖待著。」

就在氣氛變得越來越尷尬、令人難以呼吸的時候，用輕鬆的口吻說話的男人，默默從旁邊走過來，站在兩人之間。

他面無表情的看向那張蒼白的臉龐，垂眸道：「我會將這件事情告知老闆。」

男人一見到對方，立刻閉口不語，收起猖狂的態度，急急忙忙溜回樓上的房間，而其他圍觀的目光也迅速轉移，各自去做自己的事。

左牧抬起頭，雖然很感謝這個人出面協助，但他不認識對方。

不過，站在這個男人身後的熟悉身影，倒是讓他感到驚喜。

「羅本！」左牧快步走上前，抓住他的兩條手臂，不斷檢查他的身體狀況。

「你看起來精神還不錯，太好了……我聽說你中彈還發高燒，現在身體已經沒事了嗎？」

「沒什麼大礙。」羅本沒想到左牧會這麼關心自己，反而有點不好意思。

不過他很快就意識到這種行為會不會被愛忌妒的兔子埋怨，立刻冒冷汗抬起頭，沒想到兔子竟然反常地表現出平靜的態度，似乎不是很介意。

出乎意料之外的反應，反而讓羅本更覺得可怕。

一旁的黑兔把頭伸過來，嘟嘴抱怨：「喂，我也回來了，你怎麼就沒問候我？」

「我是擔心羅本，又不是擔心你。」

「你偏心！」

「偏什麼心，明明你也很擔心羅本，才說要過去接他的不是嗎？」

「……哼！」

被左牧爆料的黑兔，將帽簷拉低，遮住不好意思的表情。

接著左牧轉頭看向那個沒有任何面部表情的男人，似乎已經猜出他是誰。

「我們應該是初次面對面吧？」

布魯點點頭，「看來您有認出我的聲音。」

「剛剛一時沒反應過來，後來想起來了。」

見到熟人，左牧心裡很踏實，不過在他們的身後，卻還有另外一個陌生人。

車銓宇見到左牧把目光放到自己身上，便開心地笑著，但還沒來得及開口打招呼，就被羅本刻意阻攔。

「我有話跟你說。」羅本用眼神向兔子與黑兔示意。

兩隻兔子敏銳地接收到羅本的暗示，互看一眼後，便很有默契地跟著把左牧推往房間的方向。

「是啊，我們分開太久，有太多話想說了。」黑兔甚至還幫忙附和。

車銓宇知道羅本是故意的，也沒有打算阻止，反而因為他明顯的攔截行為感到可笑不已。

目送四人離開後，他轉而向同樣被扔下的布魯說：「那麼，我們也去談談吧？」

布魯看著他，雖然不想跟這隻狡猾的狐狸待在一起，但他們之間確實還有事情要處理。

「……請跟我過來。」

「呵呵，麻煩了。」

兩方人各自走向不同位置的房間，這場初次見面與重逢的感人時刻，總算安然無恙地順利結束。

卡在牆壁裡的那個扭曲歪斜的啤酒罐，也默默被所有人遺忘。

——《遊戲結束之前　幽靈狙擊手》全書完

後記

各位好，我是最近忙碌到白頭髮又不知道暴長多少根的煩惱草。

最近生活沒發生什麼特別有趣的事，不過想挖的坑倒是多不少，而且寫這本稿子的時候，正好在進行幾部作品的完結收尾，所以又可以開始愉快、正大光明地開新坑了（喂）。果然我的人生就是脫離不了挖新坑這回事，大家想看什麼也都可以去ＳＮＳ留言跟我說哦！如果是我擅長或是能夠掌握的題材類型，就會找時間來挑戰看看。

在第二部完結後，坑草就跟編輯討論是否能夠跟第一部一樣，在正篇完結後寫本番外，很高興的是編輯非常支持坑草的想法和決定，於是就有了這本外傳故事。當時在思考番外要寫什麼的時候，坑草就已經決定這次的故事要讓羅本媽媽當主角，所以很快就確定外傳的內容走向，感謝羅本媽媽賜予靈感。正篇主線很難講述到羅本這邊的設定跟過去，所以坑草很早以前就想要利用番外的方式來補充，除此之外，還可以順便把少爺那邊的事件做個收尾。

這集裡面出現的組織和角色都是新的，過去不曾出現過，一個是邱珩少曾待過的公司，另外一個則是跟羅本有淵源的傭兵組織，大家可以從這集外傳裡窺探邱珩少和羅本的部分過去。除此之外，還有個第一部曾出現過的角色回歸，這個角色雖然登場次數仍然不多，但仍舊是個關鍵角色，沒有見過他的讀者們也不用擔心，回顧第一部劇情就可以知道他過去是誰囉！但還是比較建議大家照順序閱讀，這樣就不會被破梗了。

不知道大家在看完外傳後，是不是有發現坑草想要透露出的祕密？這邊坑草先賣個關子，有猜到的讀者們也都先請幫忙保密，因為很快就會有好消息。謝謝大家喜歡遊戲，謝謝大家一直這麼支持我，在這邊坑草只想跟大家說一句——過去的遊戲已經結束，新的遊戲即將啟動。

在遊戲結束之前，坑還是會繼續挖下去的。我們下集後記見。

草子信

草子信ＦＢ：https://www.facebook.com/kusa29

高寶書版集團
gobooks.com.tw

FW408
遊戲結束之前 幽靈狙擊手

作　　者　草子信
繪　　者　日々
編　　輯　賴芯葳
美術編輯　彭裕芳
排　　版　彭立瑋
企　　劃　黃子晏

發 行 人　朱凱蕾
出　　版　三日月書版股份有限公司
　　　　　Mikazuki Publishing Co., Ltd.
地　　址　臺北市內湖區洲子街 88 號 3 樓
網　　址　www.gobooks.com.tw
電　　話　(02) 27992788
電　　郵　readers@gobooks.com.tw（讀者服務部）
傳　　真　出版部　(02) 27990909　行銷部 (02) 27993088
郵政劃撥　50404557
戶　　名　英屬維京群島商高寶國際有限公司台灣分公司
發　　行　英屬維京群島商高寶國際有限公司台灣分公司 / Printed in Taiwan
　　　　　Global Group Holdings, Ltd.
法律顧問　永然聯合法律事務所
初版日期　2025 年 2 月
初版二刷　2025 年 6 月

國家圖書館出版品預行編目 (CIP) 資料

遊戲結束之前：幽靈狙擊手 / 草子信著．-- 初版．-- 臺北市：三日月書版股份有限公司出版：英屬維京群島高寶國際有限公司臺灣分公司發行，2025.02-
　面；　公分．--

ISBN 978-626-7391-42-6（平裝）

863.57　　113018724